越境的行旅

一燈照隅的人生智慧

王壽來　著

〈序二〉

於此，照見一隅之光

林谷芳

散文好寫，它不像韻文般，有各種格律形式的限制，就這角度，人人能寫。散文難寫，因下筆就寫，原難精練。真散文，還須自然中有精練，否則難以成文。

散文難寫好，在近日猶甚，許多文章常就是個人囈語，雖說心理幽微，正是文學可深入處，但以此而耽溺者亦多矣！

寫散文，娓娓道來，又不自詡於一人之感知，或開闊、或平實、或溫潤，就有其他文體所未有處，也就能在書寫中觀照自己，接於他人。

這樣的散文不多，但傳世者率皆如此，所以閱讀前輩文章，總覺就與一可親生命直面。

可惜這樣的文風已稀，文學成一專業，固有其依此而得之發展，但作家也因此更耽溺於寫作的手法與觀念，於是自語自囈者多，接人應物者少。

就此，雖非一般意義下的專業作家，老朋友壽來兄一路下來的文風，也就承接於前人，平實溫潤，讀之如風拂面，而其廣接智慧生命之觸動，則又讓人出入古今，與可敬生命覿面偕遊。

我與壽來兄雖是高中同學，但前期交往少，只知他是用功篤學的謙謙君子，偶而在報章雜誌見其文章，則覺正民國前輩之遺風；及至後來他調至文建會工作，多有接觸，才知此底蘊正有其來；再後，知其父王靖國將軍之事，及他個人年少的成長經過，更就覺能在此困阨受寃環境中成長，卻依然保持其正向人生之不易。由是，讀他文章中之諸人諸事乃更有感。

正如此，為此書作序亦有其必然，也願有緣者於此照見這一隅之光！

林谷芳，禪者，音樂家，文化評論人，台北書院山長。曾任佛光大學藝術學研究所所長。著有《茶禪》、《千峰映月》、《落花尋僧去》、《春深子規啼》、《畫禪》、《歸零》、《諦觀有情——中國音樂裡的人文世界》、《觀照——一個知識份子的禪問》、《茶與樂的對話》等。

〈序二〉
為現實生活迴盪澄清

黃光男

登山則情滿於山，觀海則意溢於海，我才之多少，將與風雲並驅矣！

——劉彥和

觀賞王壽來先生的文采，有一種說不上來的情思激盪，無法予以一時明確說清。蓋因他的文章藝境，在諸多的歷練與多元體驗中，提筆落毫，均在「真者，精誠之至也。不精不誠，不能動人。」（《莊子・漁父》）

或者說，在他此文集輯一至輯五的篇幅中有記情、敘性、理原、陳述中的順勢、依向，均得在「凡操千曲而後曉聲，觀千劍而後識器」的功夫，才能在「人稟七情，應物斯感」的境界下，有如此精湛文義詞情的描述，可真是「萬里澄空，千峯開霽」的真切了。

初識王壽來之前，已在媒體上略知他是駐外單位、為國宣導的國士，除積極向學與處事之外，亦為文化工作之傑出人才。然因為與我之行政分項沒有較多的互動，只知道他是位為國從事文宣工作的碩彥。

之後，他從新聞局調升到文建會三處處長之後，因業務關係，我有幾次拜訪他，除了公事之外，我在他辦公室看到不少文物精品放置於櫥櫃中，包括古人書畫在內，並且都是畫史上的名家真蹟。一時間的驚奇，有如看到一位老教授正以文化經典為教本，對作品與藝術美學之關係對話。而我尚且不知他在文物的搜集與典藏之眼界，竟然如此精確與博學。

更為驚喜的事，在他溫文儒雅的談吐中，才發覺他在文學或國學的深層研讀，有如國學中的教授句句典故，字字珠璣的提示，在字裡行間的行文豐采，嚴謹又蕭颯，讓人感受到一項風韻與雅致的生機。

當然，在過往的相處之中，看到他勤慎從公的態度，不論是開場人權館，或主管文資局，其獨特之學養，洞悉文資留存的價值，絕非是一般泛泛資質，在精確、深層的文物價值中取捨，並引用當世最進步的學理，將國家文物資產得有系統的整理與保存。這項任務莫非有專業知能，豈能有如此宏偉的造境。比之一般公務的執行，是否專才與擔當，他給予我們一份信任與希望。

有了這段闡述，使我了解文化工作者的深度與廣度，也是在他退休（公務）之後，開始更深層地他的文化修養與文學造詣，尤其在「宅心仁厚」中有了「胸中有靈丹一粒」的涵養，並劍及履及，開啟了他的文學創作，也搜盡藝術本質之類同，包括書畫作品的賞析，令人佩服感動在他筆下的靈氣與悠揚。

或者在此僅以他謙謙自道中「一燈照隅」為例，莫非是「日出寒山外，江流夜霧中」來欣賞他在這本集冊中的鳥鳴與花開，或者是他個人的心聲，也是刻骨銘心的感應。雖然他在描述社會變化，或時代宿命，有如輕霧撫臉，且如撞石乍起，均在他的「半塢白雲耕不盡，一潭明月釣無痕」中化了。

文章中的寄寓與期待，正如他心性的高遠逸行。有君子之道的勁竹志節，也有寒冬更勝的暗香。更有因情成真，因真而行的陳述，或說「西江大有多情客，不得江東一步行」的情愫滋長。文章裡藏心理情、或取象曰比、取義曰興的寓喻，王壽來是位言寓於外，文采於心的作者。相關於藝文的多元創作，若沒能在學養與修為中入道，僅以眼視之熱鬧為景，而無能進入「藝心」之思維，是無法「形真則圓，神和而全」（白居易）的心性點化。除門道引導，嵌入文體之外，「我本良家子，出師亦多門」（杜甫）的性情，正是他多情且深的文思寫照。抒情、依理、寄託，或是歌詠、記實等等的文體，是「粹靈之氣，散為文章」的真實。

承受王壽來博士文采，日常間即興讚嘆此君紳士之質，亦感世道之虹光。說文以載道，或文章經國之大事，都能在他的文情斯感之深，或知其隨筆散文之述足以勵志，論述世事亦可傳道，時事記實則真情賁張，或交友遊記舉賢論心等等，均可為現實生活中迴盪澄清，以映「大道則青天」矣！

一一一、十、二十五

黃光男，高雄師範大學文學博士。曾任北美館及史博館館長、台灣藝術大學校長、行政院政務委員等。曾獲法國國家特殊貢獻一等勳章、金爵獎、中山文藝獎等。著有《藝海微瀾》、《博物館新視覺》、《流動的美感》、《斜陽外》等近五十種。

〈自序〉
點燃「一燈照隅」的信念

年前接受名主持人趙少康先生廣播節目的訪問，談及自己的新書時，我曾直言說，個人把近年來所寫的大部分文章，界定為「磨刀石與敲門磚」，易言之，拙作非僅在砥礪他人，且在自我砥礪，同時有若野人獻曝般，揭示世間的光明面，鼓吹擴大生命的視野，活出成熟圓滿的人生。

其實，我又何嘗不知，單憑一己之力，一人之吶喊，必然收效甚微，不過當你讀到榮獲諾貝爾和平獎的泰瑞莎修女（Mother Teresa）所說的「我們深知我們的成就，只是滄海中的一滴水，然而，這滴水若未流入大海，它也就枉費了」，能不受其感召，而相信「善」的力量，終能匯聚成流，形成巨河，變成大海！

猶記，多年前赴東瀛旅遊，曾踏訪位於京都附近的世界文化遺產「延曆寺」，看到中堂立有該寺開山祖師最澄大師的傳世名言「一燈照隅」，體會到任何人只要心存淑世精神，立身行事，就能像一盞暗夜明燈，照亮社會一個角落，果若人人如此，豈不就是「萬燈照世」，遍地大放光明？

說起來，也就是基於這樣一種人生領悟與價值觀，筆者完成了書中多篇頗有勵志性質的文字。除此之外，依據文章所欲表達的旨趣與主軸，這本散文集約略可以分成以下幾部分：

一、何妨吟嘯且徐行：人生的道路，總不免曲曲折折，磕磕碰碰，常須面對風風雨雨、失敗與挫折。我特喜歡北宋文學家蘇東坡在〈定風波〉中的自況：「莫聽穿林打葉聲，何妨吟嘯且徐行。竹杖芒鞋輕勝馬，誰怕？一蓑煙雨任平生」，展現出一種曠達、豪邁與從容的人生境界。然而，蘇氏受道家與佛家的影響頗深，詩詞總不免讓人有一種消極之感，我的文字卻還透露著幾許積極、樂觀、人性的光輝與溫暖。

二、當時只道是尋常：有清一代，在詞壇占有一席之地的納蘭性德，備受推崇，他的傳世名著《飲水詞》，是長年擺在我案頭上的一本書。內中悼亡之作

〈浣溪沙〉的「誰念西風獨自涼」與「當時只道是尋常」兩句，以最含蓄的文句，道出最深沉的思念，真不愧是文學家中的翹楚。納入此一部分文章，無不是憶念在我過往歲月中出現的長輩、師長或友人。

三、永遠的〈翼下之風〉：這首西洋歌曲〈翼下之風〉（Wind Beneath My Wings），是經常在追思會聽到的曲目，單從其歌詞「我可告訴過你，你是我心目中的英雄？是我希望可以追隨的一切？如今，我可以飛得比蒼鷹還高，因為你是我翼下之風」，你當不難想像，曲中所指的英雄，即是為人父者。納入此部分的每一篇文章，都是有關一九四九年擔任國軍第十兵團司令、率部死守山西太原六個多月的先嚴王靖國將軍的故事。

四、得失唯有寸心知：人們常喜歡用拉丁格言「人生朝露，藝術千秋」，來強調不朽藝術作品的獨創性、永恆性，而對大部分藝術家而言，唐代大詩人杜甫的名句「文章千古事，得失寸心知」，用於藝術創作的苦心孤詣，何嘗不是最妥貼不過？回首過往數十寒暑，也寫過多篇相關文字，選刊於此，亦算是人生的雪泥鴻爪吧！

五、越境的行旅：多年前，曾應邀到《聯合文學》主辦的文藝營講「散文欣賞」，因想到學員們無不是文學的愛好者，對國內耳熟能詳的名家之作，可能瞭若指掌，但對大陸作家的成名之作，或許較少接觸，而我卻早已注意及此，於是就精挑細選的寫成授課講義，如今一併收入此一文集，校對時重溫舊卷，我仍覺得當年準備得真是認真，未誤人子弟，也未辜負主辦者邀我上課的盛情。

這本散文集能夠付梓印行，除要衷心感謝《文訊》雜誌封德屏社長，情義相挺，惠允擔綱編印工作外，我更要特別鄭重感謝「寄暢園文化藝術基金會」負責人郭玉雨女士和張順易先生的鼎力支持，慨然負擔全部出版費用，並捐出其中三百本，提供「全國眷村文化保存聯盟」義賣，作為編印《眷村》雜誌之用。

就這一點而言，真教人不得不打心底佩服「寄暢園」女主人郭女士一生的行誼與做事的魄力了。世人常說：「每一個成功男士的背後，都一定有一位了不起的女士」，用於「寄暢園」的傳奇故事，何其不然?老主人張允中先生之所以能打造一生的事業，成為台灣文物界的一方重鎮，其個人的努力與拚搏，自不在話下，但亦不得不歸功於賢內助的日夜傾力襄助，不僅使其無後顧之憂，而且也擁有了一位無比幹練的「內務大臣兼外交部長」。

說起來，我跟「寄暢園」主人允中先生結緣甚久，承其抬愛，視我為「座上賓」，而我有幸目睹一代文物鑑賞家品評書畫、鑑定真偽，每每一錘定音，眾人拜服，亦足以見出其學養、實務、經驗三者俱豐之不凡。而更教人由衷佩服者，是張氏賢伉儷待人接物之謙沖有禮，總予人一種春風撲面、親切溫暖之感。前輩泱泱風範，如何不教人高山仰止？當讀者閱及本書附錄所刊張氏哲嗣張順易君所寫的紀念文字〈永不止歇的思念〉時，必對張氏一生的事蹟，有更深刻的認識！

此外，我也要對撰寫序文的兩位重量級學者林谷芳教授及黃光男教授，表達最深的感念之意，他們的美言及加持，對我而言，固然是一份莫大的殊榮與鼓勵，但亦是一份期許與鞭策，無形中，他們甚至扮演著引路人的角色，以其生命之光，照亮了我寫作的旅途。

在疫情的風雨未見趨緩、人們惶惶難安之際，但願翻閱這本書的朋友，會覺得自己有若在冷冷的冬日，感到和煦的陽光擋住了瑟瑟寒意！

王壽來序於木柵醉夢溪畔

—目次—

輯二・當時只道是尋常

輯一

何妨吟嘯且徐行

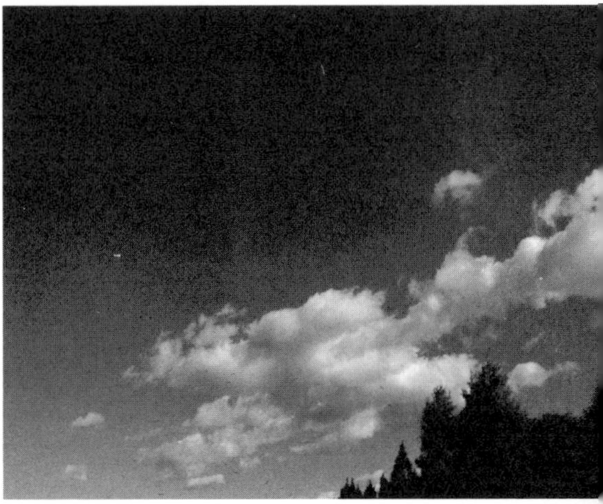

這兩則天各一方、不同情景的人生故事，
說的不是「相逢離亂裡，便共畢生情」患難情誼，
卻正是英國詩人華茲華斯所說那種
「小小的、無名的、不被記住的」善行。

人生最美好的部分

一個好人一生中最美好的部分，就是他那些小小的、無名的、不被記住之善良及愛的行為。

——英國浪漫主義詩人華茲華斯

或許是因疏懶成性，打從退休下來雖已數易春秋，但當初打包帶回家的一些紙箱，仍被我冷落在書房角落，未曾打開稍事整理。日前突然心血來潮，信手翻出這些舊物，幾多如煙往事又一幕幕湧上心頭。

說來，公務生涯的酸甜苦辣、功過是非，猶若船過水無痕，俱往矣，然而，在瞥見一紙當初影印留存的「會簽意見」時，一件微不足道的小事，卻讓自己不由得跌入回憶之中。

那是當年奉調回國不久，擔任國際文宣部門主管時發生的事。有一天，工友送來一件用「密件封套」裝入的公文，原本以為是什麼急要之事，拆開來一看才曉得，原來是一位派赴華府進修語言的女學員，來函報備稱，近期內要跟某位大陸留學生結婚，希望國內能夠同意。

由於事無前例，又稍涉敏感，負責簽辦此案的人事單位，為了慎重起見，以密件會請法規會及國際部門表示意見。我略加考慮了一下，就一本「成人之美」的心態，直截了當地寫說：

「目前並無任何法令或內規，約束派外受訓學員跟對岸留學生交往或結婚，這位學員能主動將此舉報回，足以顯示她對本局的尊重，退一步講，她若婚後再來報備，局裡恐亦無可奈何。次就人情上來說，成家乃是人生美事，同仁能在異鄉找到理想伴侶，本局回覆時理應表達祝賀之意。」

這樣的會簽意見，現在看起來，充其量只不過是從法理情切入，就事論事而已，然而，就彼時的時空環境來說，仍需要心存善念，以及一點兒承擔責任的勇氣，否則，若無任何顧慮，人事單位又何必使用特殊公文封套呢？

猶記，事隔多年以後，我為《歷史》月刊主持「金石銘言」專欄，在譯介名人金句時，讀到英國浪漫主義詩人華茲華斯（William Wordsworth）一句名言，亦曾不期然聯想到此事。

華氏是這樣說的：「一個好人一生中最美好的部分，就是他那些小小的、無名的、不被記住之善良及愛的行為。」（The best portion of a good man's life is his little, nameless, unremembered acts of kindness and of love.）咀嚼如此貼近人心、人性和世情的一句話語，你我縱然是凡夫俗子，對這位跟雪萊、拜倫齊名的桂冠詩人，能不心存幾分敬意嗎？

年來，俄國大舉入侵烏克蘭，戰火如海嘯席捲全境，數百萬烏國民眾被迫逃離家園，奔赴鄰國，甚至流離失所，無以為生。相關的新聞報導，可說如雪片般飛來，無以計數，其中有些老百姓在苦難中互相扶持的故事，每每感人肺腑，不啻是華茲華斯所認定人生「最美好的部分」！

舉例來說好了，有一名想帶家人躲避戰火的烏克蘭人，正愁找不到交通工具的時候，猛然發現路邊有一輛插著車鑰匙的滿油車，在旁觀察了兩個多小時，都未見車主來牽車。躊躇了半天，為了逃命，顧不了許多，就匆匆帶著全家人火速開車到數百公里外的親戚家避難。

隨便開走他人的車，自然算是一種竊盜行為，此人內心深感不安，所幸後來發現原車主在車上留有電話，就立即去電致歉，可沒想到，對方卻出言安慰，告以自己在不同處一共停了四輛車，全都加滿了油，留下車鑰匙與電話，就是設身處地為人設想，讓打算撤離的同胞臨時有車可用，而此刻他很感欣慰，一番苦心孤詣並未虛擲，四部車的取用者，都有回電過來。

上述故事曝光後，無數網友都大為感動，紛紛留言讚佩車主的義行。試想，在家園硝煙四起之際，人們往往自顧尚且不暇，而車主卻能念及非親非故者的需求，冒著自家車輛一去不返的丟失危險，以最實際的行動，助人於急難，所展現人溺己溺的可貴情操，實在值得人們給他按個大大的「讚」！

日前，跟一票老友茶敘，聊起當前俄烏的激烈戰況，我忍不住提起那位烏克蘭人的善舉，眾人聞後都說太讓人難以置信了，怎麼世上還會有如此好心之人？感慨之餘，一位朋友也有感而發，分享了另一則暖心的故事。

他說好幾年前，他在英文網站上讀到一條發生在美國德州的報導，說有一位在珠寶店工作的敘利亞裔難民，某日顧店時，一位面帶愁容的美國女子走了進來，要出售自己心愛的金項鍊。相詢之下，始知這位做母親的，是為生活開銷所迫，才會出此下策。

當聽完對方含淚說出不堪的處境，以及其金飾想換得的數目後，這位亦曾是「天涯淪落人」的敘利亞男店員，不禁動了惻隱之心，二話不說，退還了女士的金項鍊，而從自己身上掏出現金如數奉上。此一雪中送炭的真實故事，先經當地電視台披露，復經網路廣為傳播，一時之間，變成了觸動人心的熱門新聞。

走筆至此，驀然想到，這兩則天各一方、不同情景的人生故事，說的不是「相逢離亂裡，便共畢生情」患難情誼，卻正是英國詩人華茲華斯所說那種「小小的、無名的、不被記住的」善行，而你我跌宕半生，果若也有類似的義舉，那也應算是一生中最美好的部分了！

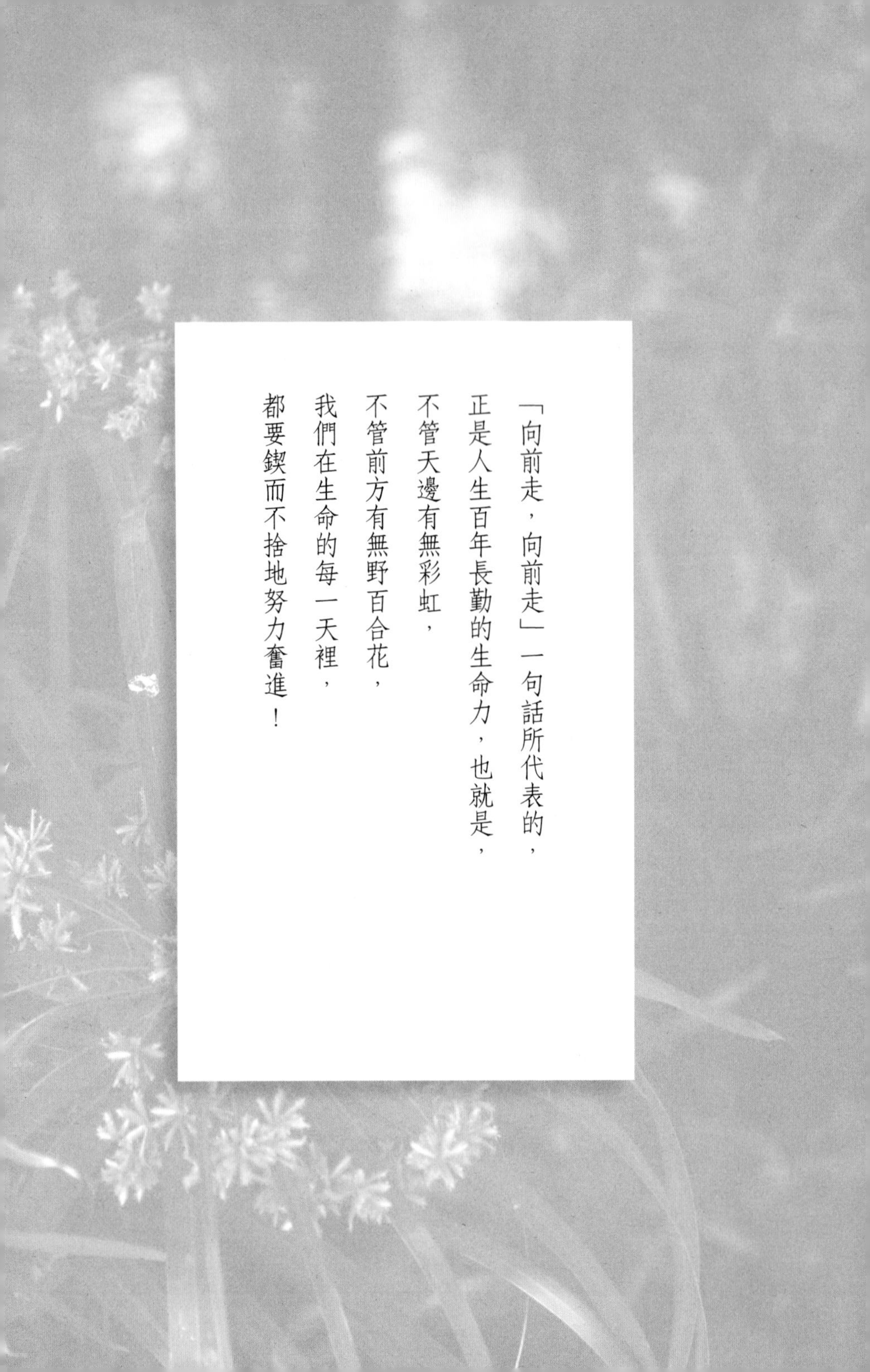

「向前走，向前走」一句話所代表的，
正是人生百年長勤的生命力，也就是，
不管天邊有無彩虹，
不管前方有無野百合花，
我們在生命的每一天裡，
都要鍥而不捨地努力奮進！

向前走，向前走

一部偉大的電影，每次觀看，都應該像看新片一樣。

——美國著名影評人艾伯特

藝術電影《駱駝駱駝不要哭》（*The Story of the Weeping Camel*）甫一上片，內人就連哄帶拉地要我去看。其實也用不著她遊說，我對藝術電影雖未必狂熱，但對素有「沙漠之舟」美名的駱駝這種動物，自幼就有好感。

小時候，家住台北市牯嶺街底，附近的基督教浸信會教堂，為了號召大小信眾，每每發給教友聖誕卡作為紀念。我跟家兄都常去參加兒童主日學活動，目的無他，就在聽聖經故事和領卡片。印象中，那些卡片印刷都極精美，最常見的圖案之一，即為留著大鬍子的東方三博士，騎著駱駝，在夜空「伯利恆之星」的引導下，去朝拜降生於馬槽的救世主。

關於東方賢人朝拜耶穌的故事，《馬太福音》第二章中有詳細的記載，但彼時引我注意的，卻是那三隻看似溫馴，卻長相奇特的怪獸。我始終覺得牠們是動物中的「異類」，能捷足先登，跟著主人最先目睹耶穌基督的誕生。

其實，《聖經》裡提到駱駝的地方也不止一處，其中最膾炙人口的一段，應是《馬太福音》第十九章中記載耶穌對門徒說的：「駱駝穿過針的眼，比財主進神的國還容易。」（It is easier for a camel to go through a needle's eye, than for a rich man to enter into the Kingdom of God.）對為富不仁的人，提出嚴重的警告！

追根溯源，我對駱駝最初的印象，的確是來自於教堂，然而高中時，讀了大陸前輩文學家老舍的成名之作《駱駝祥子》，對男主角祥子，在嚴酷無情的生活環境下，備受黑暗社會的壓迫，到頭來，人生一切夢想與希望終告幻滅的結局，很是同情。連帶著，我對長年勞瘁的駱駝，能無畏寒暑，忍饑耐渴，甚至，在沙漠中跋涉時，二三十天滴水不進，照樣繼續行進，更有幾許悲憫。

我們在生命的每一天裡，都要鍥而不捨地努力奮進，像駱駝般行行復行行地「向前走，向前走」。（圖為謝小韞攝於埃及西奈山）

當然，書中最耐人咀嚼的一段話，還是老舍講的：「雨下給富人，也下給窮人；下給義人，也下給不義的人。其實，雨並不公道，因為下落在一個沒有公道的世界上。」年輕時，讀此話感受並不那麼深刻，如今已走到「回首向來蕭瑟處」的哀樂中年，略可體會老舍此話的沉痛，對其書名之所以取為《駱駝祥子》，也有深一層的領悟！

駱駝作為牲口的勞瘁，雖說人盡皆知，但一般人看到成年駱駝動輒二、三公尺的龐然身軀，對牠是否溫馴，就沒多大把握了。然而，從蒙古的古老傳說，就可知駱駝順服的天性，其來有自。據當地民間流傳，駱駝受天神的恩賜，原本有一雙美麗的角，後來被鹿兒借走，有去無回，至今駱駝還常眼巴巴地眺望著遠方的地平線，等待鹿兒的歸來。

世界各國以駱駝為主題的寓言或童話故事，不勝枚舉，以寫《湯姆歷險記》、《頑童流浪記》聞名於世的美國文豪馬克吐溫（Mark Twain, 1835-1910），也寫過一則有關駱駝及其他動物的寓言故事，饒富趣味。

故事大致是說，有一位藝術家畫了一幅很美的小畫，特別把它掛在一面鏡子的對面牆上，讓反射在鏡中的畫，顯得格外柔美討好。此事透過家貓的傳播，一下子就在動物間傳開，弄得整座森林沸沸揚揚。動物們因為從未見過鏡子，紛紛提出質疑，而儘管家貓解釋得舌敝唇焦，大夥兒還是半信半疑，莫衷一是。在眼見為憑的共識下，驢子、黑熊、乳牛、老虎、獅子、花豹，以及老實的駱駝，都先後跑了一趟，站在鏡子前面，卻只看到自己的尊容，見不到那幅美麗的畫，回來後無不大罵家貓，怪牠妖言惑眾。最後，連德高望重的大象，也不得不親自出馬，結果當然更坐實了家貓行騙說謊的罪名。

馬克吐溫這則故事只是一個「文本」，其寓意為何，自是人云各殊，一如鏡前的百獸，各有其對鏡子的詮釋，可說都是事實，也都不是事實。重要的是，鏡中的小畫，被牠們自己的身影擋住，牠們看不到，卻不代表小畫就不存在，換言之，如果鏡子所代表的是想像，那麼專注於想像，往往就會忽視了現實。再者，講真話的家貓，反被眾口一詞地冤屈成騙子，百口莫辯，何嘗不是一種可以對應於現實人生的反諷與悲哀？

就駱駝這部分來講，顯而易見的，在馬克吐溫的寓言故事裡，牠只是龍套，並無任何可圈可點的表現，但在電影《駱駝駱駝不要哭》中，牠卻是無可替代的要角，牠哭了，也讓萬千觀眾跟著熱淚盈眶。

這部電影的劇情真是再簡單不過，敘述在蒙古南部的戈壁沙漠，一戶游牧家庭所養的母駱駝臨盆在即，在牧人的協助下，費盡力氣才生下一隻罕見的白色小駱駝，由於是難產，母駱駝耿耿於懷，一直拒絕餵奶給牠的新生兒，也不讓剛出生的小駱駝跟牠接近。眼看可愛的駝羔行將餓斃，牧人趕緊叫兒子穿越沙漠求助於一名樂師，想用游牧民族流傳已久的民俗方法為母駱駝進行心理治療。

樂師不負重託，翌日就趕到牧人那兒，將母駱駝牽來，當面用蒙古傳統的樂器馬頭琴奏起一曲〈勸奶歌〉。隨著低沉、哀怨的旋律，牧人的媳婦也引吭高歌，款款訴說母愛的深情，母駱駝倔強的態度逐漸軟化。當小駱駝再次被帶到牠的身旁，牠激動地流下眼淚，終於願意用乳汁餵食牠的幼兒。

很難令人相信，這樣一部叫好又叫座半紀錄片性質的電影，竟是出自兩名慕尼黑電影學院的學生之手，除《紐約時報》影評家不吝給予高度評價外，也先後榮獲香港、邁阿密、巴伐利亞等地國際電影節的大獎。導演之一的法洛尼（Luigi Falorni）指出：「嗷嗷待哺的小駱駝，象徵我們每一個人內心的疏離感，以及追求保護及歸屬的需要。」一語道破此片劇情的張力，正扣合了人性最基本的呼喚與需求。

美國著名影評人艾伯特（Roger Ebert）曾說：「一部偉大的電影，每次觀看，都

一部好電影滋潤心靈，使你永遠回味無窮，甚至每次憶及，心中仍不免有著沉澱後的悸動。（王蘭兮攝影）

應該像看新片一樣。」（Every great film should seem new every time you see it.）緊張大師希區考克（Alfred Hitchcock）說得更乾脆：「一部好片子，就是讓晚餐、門票、臨時保姆的花費，全都物超所值。」（A good film is when the price of the dinner, the theatre admission and the babysitter were worth it.）

說來，又豈止如此，一部好電影滋潤心靈，使你永遠回味無窮，甚至每次憶及，心中仍不免有著沉澱後的悸動。就像這部《駱駝駱駝不要哭》，雖然看過已半個多月，片中母駱駝眼角閃閃的淚光，以及小駱駝依依的孺慕之情，仍然不時浮現在我的腦海，有一晚，竟然還夢到自己就在風沙彌天的沙漠裡騎著駱駝踽踽獨行，所謂「日有所思，夜有所夢」，由此亦足見該片感人之深。比起人們去看好萊塢許多集大卡司、大製作、大成本於一身的商業片，踏出戲院的剎那，就已將劇情忘卻泰半，相去實不可以道里計！

是這樣一部好片子，讓我重拾兒時及過往歲月中點點滴滴有關駱駝的記憶，而駱駝無懼風沙，跋涉於渺無人跡之地的孤獨身影，也讓我連想起北京大學的老教授季羡林先生埋首書卷，終生無悔的治學精神。季氏在一篇自述其生平的文章裡，一連用了「曲曲折折，顛顛簸簸，坎坎坷坷，磕磕碰碰」十六個疊字，來形容其乖舛的命途，儘管如此，他強調他的任務就是像駱駝般行行復行行地「向前走，向前走」。

「向前走，向前走」一句話所代表的，正是人生百年長勤的生命力，也就是，不管天邊有無彩虹，不管前方有無野百合花，我們在生命的每一天裡，都要鍥而不捨地努力奮進！

米契爾、大仲馬、林語堂等中外文學泰斗的名言，
縱不能像《聖經》上所形容神的話，
有若「腳前的燈，路上的光」，
能使舉世的基督徒因而得力，
但你我讀來，依然教人怦然心動，
乃至喚醒沉睡的鬥志，激發奮鬥的勇氣，
重拾生命的信心與熱情。

讓希望之火照亮前路

希望存於夢想之中，存於想像之中，存於那些敢實現夢想者的勇氣之中。

——美國著名醫學家索爾克

在一年伊始、萬象更新之際，對每一個人來說，無論過去的一年是否順遂如意，都一定會滿懷憧憬，寄望未來的日子能順風順水，天從人願。換言之，不論貧富貴賤，希望的存在，對任何人而言，都無比的重要，因為它可說是我們面對生活、面對挑戰不可或缺的一大動力。

此種動力，雖然無形無色，隱而不見，卻能使人勇於追求生活的美好，以及生命的圓滿，尤為可貴者，是當人們處於逆境時，往往能憑此鼓勇奮進，全身而退，甚至逆轉命運，反敗為勝，無怪乎，不少文學家都會對其再三著墨。

舉例而言，讀過《飄》（*Gone with the Wind*）這本以美國南北戰爭為背景的世界名著，或看過《亂世佳人》這部電影的人，也許已不記得男女主角白瑞德與郝思嘉之間愛恨情仇、恩恩怨怨的細節，但一定不會忘記作者米契爾女士（Margaret Mitchell）透過郝思嘉之口，在結尾時所說的那句名言：「明天又是新的一天！」而所謂新的一天，所代表的，正是新的契機、新的開始、新的夢想、新的希望。

再如，以寫《基督山恩仇記》、《三劍客》、《黑色鬱金香》等小說，馳名於世的法國十九世紀文學家大仲馬，洞燭世間的無常與苦難，以其對生活的深刻觀照，也為「希望」在人生道路上所扮演的關鍵角色，做了最直接的詮釋，他說：「人類一切智慧略可歸納為兩詞，那就是等待與希望。」

希望之為物，究應如何予以界定，文壇巨擘林語堂先生的話最是深得我心，他是這樣子說的：「希望一如鄉間道路，原非可行之徑，惟在眾人走過，路就於是形成。」（Hope is like a road in the country; there was never a road, but when many people walk on it, the road comes into existence.）

仔細想來，林氏所強調的，不過就是：只要人們擁有希望，就必然有讓人如願以償的途徑，只要人們勇於作夢，就一定有使夢想成真的可能。

上述米契爾、大仲馬、林語堂等中外文學泰斗的名言，縱不能像《聖經》上所形容神的話，有若「腳前的燈，路上的光」，能使舉世的基督徒因而得力，但你我讀來，依然教人怦然心動，乃至喚醒沉睡的鬥志，激發奮鬥的勇氣，重拾生命的信心與熱情。

走筆至此，猛然想到，這兩年來新冠病毒肆虐全球，各國確診與死亡人數，不斷攀高，其威脅人類嚴重的程度，直追歐洲中世紀黑死病的大流行，不消說，舉世無人不殷切希望疫情早日過去，盡快回歸到正常的生活。

感懷世事，筆者不由憶起美國著名醫學家索爾克（Jonas Salk）鼓舞世人的一句話：「希望存於夢想之中，存於想像之中，存於那些敢實現夢想者的勇氣之中。」（Hope lies in dreams, in imagination, and in the courage of those who dare to make dreams into reality.）

身為頂尖病毒研究者的索爾克，不慕名利，一生埋首實驗室，孜孜矻矻地從事疫苗的研發，卓然有成，獲頒象徵美國最高平民榮譽的「總統自由勳章」。他對希望一詞的

人活著，就要始終擁有希望，即使希望會落空、會幻滅，卻無礙於我們不斷地擁抱希望。（莊翔筑攝影）

開示，看似平易，卻是其現身說法的深刻體悟。

確實不錯，人活著，就要始終擁有希望，即使希望會落空、會幻滅，卻無礙於我們不斷地擁抱希望，君不見古羅馬大詩人奧維德（Ovid）曾說：「我的希望未必總能實現，但我始終懷抱著希望。」他是洞察世事幽微的先哲，早已參透：人生唯有永懷希望，才能鼓勇前行，走出泥淖與苦難，迎來生命的輝煌！

知己難求，古今同慨，
但祇要我們肯定友情的價值，
以真誠的態度對待自己的朋友，假以時日，
終必能擁有幾個意氣相投、莫逆於心的友人，
那將使我們走在人生道上，
「踏著荊棘，不覺得痛苦，有淚可落，也不覺得悲涼。」

（冰心《寄小讀者》）

另一種愛：友情

友情是手杖，是燈，是我所享有過的溫情中最高貴的溫情。我是綿綿而落的雨，你是輕輕滾動的風，風和雨交織起來，是我們生命中的美術，是我們完美的工程。

這是民國四十一年，詩人楊喚在給他的好友歸人的一封信中所寫的一段話。十年前——那時我剛踏入社會，而《楊喚書簡》亦方由光啟社結集出版。初次讀到它，不禁為之低徊往復，感動不已，因為那是我生平第一次發現在這芸芸眾生之中，至少還有一個人是那麼的稱頌友情，稱頌除了愛情之外的另一種高層次情操。

十年江湖催人老。三千六百多個日子在不知不覺中就消逝了，曾幾何時，在攬鏡自照時，竟然已能找到幾根令人觸目心驚的白髮，而十年的人海浮沉，雖然讓我在外表上已不復那樣年輕，雖然也讓我領略到不少世情的險惡，可是，我對友情的渴望，對友情的信心，仍未稍減。如今重讀楊喚的這段話，內心依然為之悸動飛揚，我忍不住要問：是什麼樣的人，會如此肯定人與人之間的情誼？

特別重視友情的人，往往把朋友當成自己生命中的主角，甚至認為朋友就是「第二個自我」。他們之所以推崇友情，乃是因為他們已深深的體會到，在人生的道路上，要是始終踽踽獨行的話，實在太苦太累了，我們需要友人的瞭解、肯定與支持，我們也需要友人的意見與忠告，更需要友人分享我們的歡樂，分擔我們的愁苦。試想，一個沒有賀客的婚禮，或一個沒有弔者的喪祭，場面冷清固不消說，它所象徵的意義也許是：當事人一如失群落單的孤雁，在茫茫的天際獨自飛翔，牠的一切遭遇，無論是禍、福、窮、通，已得不到任何同伴的關注。

然而，不可否認的，在這世上肯定友誼的價值，樂於結交朋友的人，固然比比皆是，但的確也有不少人對友情嗤之以鼻，認為人與人之間，說穿了祇不過是「互相利用」而已，世間又哪有什麼真正的友情存在？不記得是哪個西洋作家就曾說過這麼一句憤世嫉俗的話：「當人們講到友情一語時，他們根本不知所指的是什麼。」

不過，話又說回來了，對友情採取否定態度的人，莫非真的就喜歡離群索居，遺世獨立過活嗎？別忘了有人可說過：「喜歡孤獨的，不是上帝，就是瘋子。」照這句話看來，如果我們自認不屬於以上二者之一，那麼，我們就不可能喜歡孤獨。其實，世上天生就討厭朋友的，恐怕是少之又少。

不少人之所以否認友誼的價值，多半還是後天種種因素使然。其中最常見的一種情況就是，我們把「得」、「失」之心放得太重，心中常常盤算自己付出了多少，又從朋友那兒收回了多少。以這種做生意買賣的態度抓住算盤子，對「以心感心，以情動情」的東西硬加量化，必然會產生極大的偏差及錯覺。

於是，「施人慎勿念，受施慎勿忘」，往往就倒過來變成了「施人慎勿忘，受施慎勿念」，自己對別人有過芝麻大點好處，一定耿耿於懷，念茲在茲；別人為我們所做的一切，那怕是恩同再造，全成了不足掛心，無足輕重的小惠。抱著這種態度交朋友，日久天長，自然覺得朋友個個都對不起自己，都是「負心人」，因此不免有了個計較：對別人好終究是白費心機，對自己好才是萬無一失。

祇要我們肯定友情的價值，以真誠的態度對待自己的朋友，假以時日，終必能擁有幾個意氣相投、莫逆於心的友人。（莊翔筑攝影）

交朋友交得變成了「商人」，處處精打細算，著眼於「投資報酬率」，如此，哪能交到什麼真心不貳的朋友？法國作家修伯里（Antoine de Saint-Exupéry）所寫的暢銷名著《小王子》（*Little Prince*）裡頭，就有一段諷刺成人交友常以現實為出發點的話：「成人都喜歡數字。當你告訴他們你交了一個新朋友時，他們絕不會問你什麼重要的問題。他們絕不會問你：『他的聲音如何？他最喜歡玩些什麼？他是不是蒐集蝴蝶？』不問這些，他們卻會問：『他幾歲了？他有幾個兄弟？他的體重多少？他的父親賺多少錢？』只有從這些數字中，他們才認為已多少瞭解了一點這個人。」

作者在另一章裡，藉小王子的朋友（一隻狐狸）之口，對現代人交友之道有更露骨、更發人深省的批判：

「人們再沒有時間去瞭解任何事情。他們專在店鋪裡買現成的東西，然而，世上並沒有可以買到友情的店鋪，於是，人們不再有朋友了。」

這句「人們不再有朋友了」，是何等沉痛的話！無怪乎作者會語重心長地說：「忘記朋友，是很可悲的事，因為並不是每一個人都有過朋友。」

對於《小王子》作者的這番話，迷信金錢萬能的人，就未見得會同意，因為，人若把金錢的價值推崇得太高，難免會產生一種錯覺，認為「有錢能使鬼推磨」，可是百試不爽的金科玉律，只要腰纏萬貫，還怕不到處被人如眾星拱月般的奉承著嗎？所謂「窮在鬧市無人問，富在深山有遠親」，不正是此中情景的最佳寫照？

從表面上看來，「錢」的確是號召朋友的利器，現代人無不領教過金錢的威力，問題是我們真能用金錢買到友情嗎？或僅能買到友情的「代替品」而已呢？

真友情的可貴處，就在於它包含了一種不為勢劫、不為利誘、不計利害的特質。王爾德有一次談到他的一位紅粉知己時說：「她一無是處，不知禮數，恐怕是全倫敦最糟的女人了……但她可是我最要好的一個朋友。」王爾德在別人跟前將自己的好友批評得體無完膚，顯然有失厚道，並不可取，但可取的是，他並不嫌棄這樣一個沒水準的女人，反將她視為自己的好友看待，足見他是一個「反勢利」的性情中人。

這種「反勢利」的表現，不管是基於雙方深厚的感情，或是基於彼此的相知，正是友情的高度發揮。以前，我讀《水滸傳》，讀到第十四回「吳學究說三阮撞籌」時，最令我擊節扼腕的，也就是阮家兄弟所說的那句：「這腔熱血，只要賣與識貨的！」放眼過去，舉世滔滔，盡多勢利現實之徒，縱令一個人有願為知己者用、願為知己者死的熱血，有時還真不知該與何人說呢？！

知己難求，古今同慨，但祇要我們肯定友情的價值，以真誠的態度對待自己的朋友，假以時日，終必能擁有幾個意氣相投、莫逆於心的友人，那將使我們走在人生道上，「踏著荊棘，不覺得痛苦，有淚可落，也不覺得悲涼。」（冰心《寄小讀者》）

附記：遠流出版公司當年發行《大眾心理學全集》，總編輯周浩正大哥邀我對一本討論友情的譯著寫篇推薦專文。時隔這麼多年，如今再讀此文，頗有如逢故人之感。

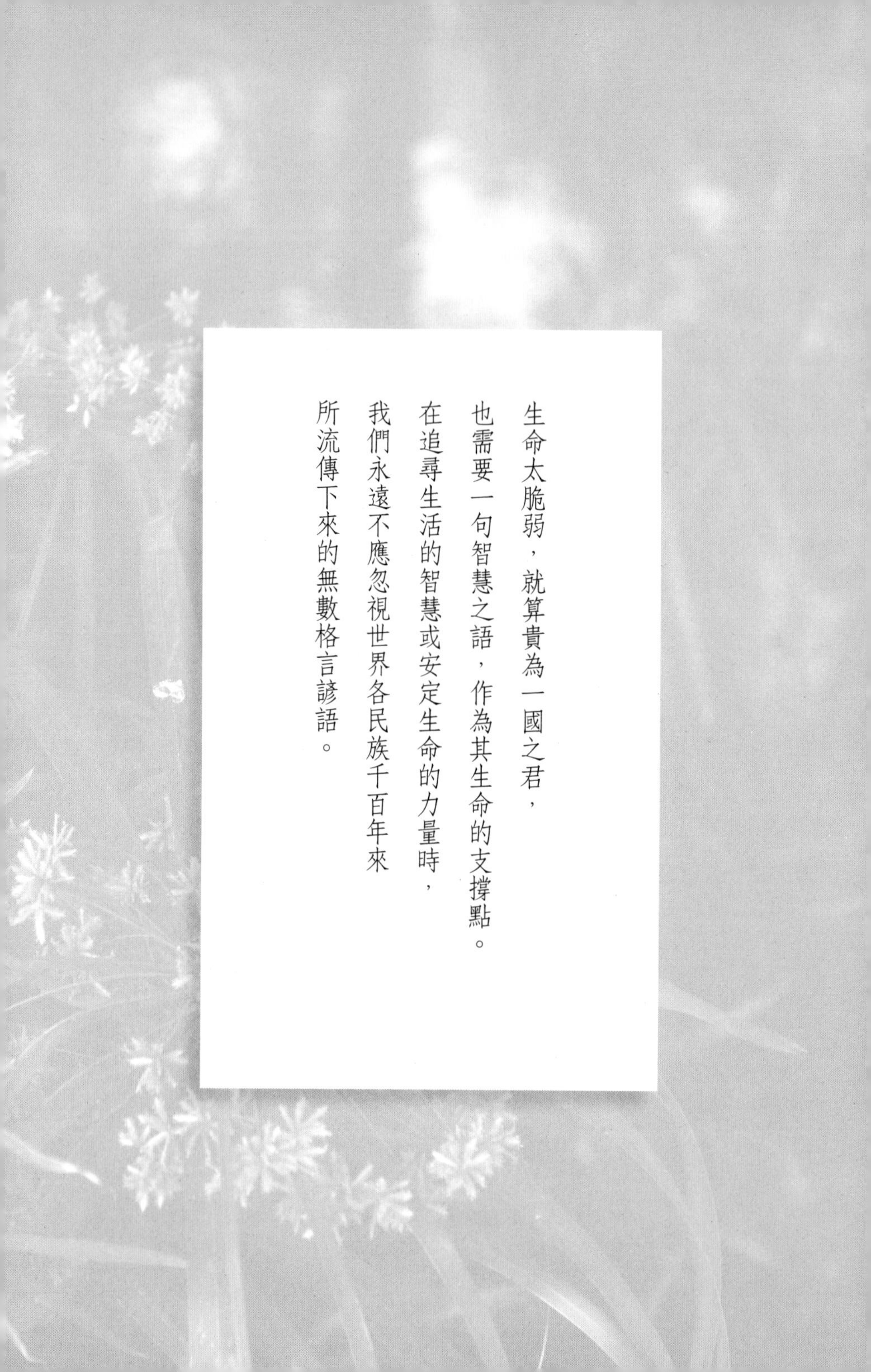

生命太脆弱，就算貴為一國之君，
也需要一句智慧之語，作為其生命的支撐點。
在追尋生活的智慧或安定生命的力量時，
我們永遠不應忽視世界各民族千百年來
所流傳下來的無數格言諺語。

從格諺中得到生命的力量

多年前，我聽到這樣一則故事：

古時，有一位國王叫內廷的工匠打造了一枚戒指，然後邀集了文武百官及全國最有智慧的人到宮廷來，希望他們集思廣益，為他想一句箴言刻在戒指上，以便時時提醒他，在快樂的時候，不要得意忘形，在難過之時，也不必過於悲傷。眾人勞神苦思，腦力激盪了好久，最後建議國王在戒指刻上「這些都將過去」幾個字。

生命太脆弱，就算貴為一國之君，也需要一句智慧之語，作為其生命的支撐點。在追尋生活的智慧或安定生命的力量時，我們永遠不應忽視世界各民族千百年來所流傳下來的無數格言諺語。

能經得歷史長河的淘洗，以及人世無情歲月提煉的，當然是人類智慧的結晶。就格諺而言，它可能是生活的經驗之談、痛定思痛的省悟、面對人生宿命的覺醒，也可能是笑中有淚的幽默、苦中作樂的自我嘲諷。

有些格諺讀起來，像暮鼓晨鐘，令人有當頭棒喝之感，但有更多的格諺，仿若充滿妙趣、誇張與想像的故事，令人百讀不厭，發出會心的微笑。

我曾在舊金山的一家舊書店，買到一本猶太人的格諺集，裡面有不少值得再三回味的話語，例如：

「與狗躺在一起的人，身上必有跳蚤。」（這句話很像中國人所說的「近朱者赤，近墨者黑」。）

「酒灌進去，祕密就流出來。」（一如我們常講的「酒後吐真言」。）

「一個敵人太多，一百個朋友卻還嫌少。」（相仿於「冤家路窄」。）

「要讓吝嗇鬼施捨，就像在沙漠中釣魚一樣。」（「善財難捨」，中外一轍。）

「婆媳同居一室，就像一個袋子裝了兩隻貓。」（婆媳難和，古今同慨。）

「塗好牛油的麵包，總是面朝下的落在地上。」（世事不如意者十常八九。）

「所有的歡樂，都含有悲傷的元素。」（歡樂時應知所節制，以防「樂極生悲」。）

「人來到這個世界是緊握著雙手，好像說：世界是我的；人離開這個世界卻張開著雙手，似乎說：我帶不走任何東西。」（生不帶來，死不帶去。）

從上述這些信手拈來的例子，不難發現，儘管中外的語言、文化迥然有別，但智慧的核心，卻是如此的相像與接近。

最近台北舉行美索不達密亞兩河流域文物展，展品的年代距今有數千年之久，但你可知巴比倫的蘇美碑文，就是用格言的形式來表達其內容？

格諺為人類文明搭起一座心靈的橋梁，穿越其間，我們得與古人神交，請益人生的智慧，並在源源不絕的活水中，汲取生命的力量！

我深切期盼，

這本書也能像一隻看似不甚起眼的葫蘆，

所藏的某些「微物」，

卻有如山中黃金、天上星辰，

能夠深深打動人心，

甚至會像荒漠中的甘泉，

滋潤我們這些仍在人生道上繼續趕路的旅人。

葫蘆裡的微物

年輕時第一次讀到胡適先生二十五歲生日時所寫的〈沁園春〉，吟誦再三，很有感觸。

胡適的詞是這樣寫的：「忽然異想天開，似天上諸仙採藥回，有丹能卻老，鞭能縮地，芝能點石，觸處金堆，我笑諸仙，諸仙笑我，敬謝諸仙我不才，葫蘆裡，也有些微物，試與君猜。」

當下推敲再三，而以筆者彼時的人生閱歷，雖也能約略感受到胡適那種稱心快意的豪情，但終究無法參透其葫蘆裡裝的是什麼「微物」，堪與天上諸仙之寶物一較短長！

換言之，一句「試與君猜」的啞謎，不僅製造了耐人尋味的懸疑，也讓我這個已邁入哀樂中年階段的過河卒子，在過往起起伏伏、苦樂相參的人生旅程中，常常想到胡適先生此一比喻的深意，甚至想到，若說自己也有一隻隨身攜帶的葫蘆，裡面又能裝些什麼「微物」，值得野人獻曝？

多年來，不管我在國內打拚或在國外工作，閱讀一直是我不可或缺的消遣，也是我生命中的最愛。多少寂寂晨昏，多少夜未央的深宵，我都倘佯在書籍的天地，而每當邂逅深得我心的語句，往往信筆記下，作為備忘，日積月累，也有相當篇幅。

再加上每趟出國公差或旅遊，天涯行腳，不管是踏入新書店、舊書肆，遇到名人「語錄」（quotations）一類的書，總會毫不猶豫地收入行囊，二三十年下來，收集的中外佳言，極為可觀。因緣際會，數年之間，竟連續出版了《心靈小札》、《友誼，是最好的禮物》、《說貓道狗》、《天堂的碎片》等世界名人佳言選集，總算是為自己的心靈之旅留下一些雪泥鴻爪。

這些收錄在「西洋語錄」專輯中的名人話語，雖然無不是古往今來許多聖哲或名人出自其學養的智慧結晶，或是其總結生命經驗的肺腑之言，抑或是其靈光一閃的佳言雋語，然而，若是有人認真問我，書中究竟有哪些話語是令我低迴往復、念茲在茲者，一下子我還真不知該語從何起！

事實上，這情況就多少有點兒像英國十七世紀科學家牛頓所比喻過的，自己是一名在海邊嬉戲的孩子，為偶爾所撿拾到的美麗貝殼而雀躍不已。對我而言，這些五彩斑斕的漂亮貝殼，正是這些名人語錄。此刻，信手拈來以下數語，作為佐證：

＊對擁有大智慧與深邃心靈的人而言，痛苦與磨難永難避免。我想，真正的偉人在人世間也必有大悲哀。（杜思妥耶夫斯基）

＊如果皺紋一定要顯現在我們的額頭，可別讓它顯現在我們的心上，心靈絕不該變老。（高伯瑞）

＊陽光宜人，雨水爽身，和風提神，瑞雪悅性；世上實在沒有所謂的壞天氣，只有不同情況的好天氣而已。（魯斯金）

＊我們都會犯錯，人生不免如此，但一往情深絕不算是一種過錯。（羅蘭）

＊書必須是一把破冰之斧，用來擊碎靈魂內結冰的海水。（卡夫卡）

＊人生只不過是瞬間工夫，如此短促，卻要為永恆做自我準備。（高更）

＊人活著是並不一定要活得快樂，但只要活著，就必須活得心安理得。（康德）

作者所翻譯的名人語錄書。

*人生的成功，不是因為握有一手好牌，而是要把壞牌打好。（魏特利）

*民主只是一個夢，應與桃花源、聖誕老人、天堂歸於同一類。（孟肯）

*萬一我是在多年之後才能與你相見，我該如何迎接你？——以沉默與眼淚。（拜倫）

我不敢奢望，收在書中的每一句名人話語，都能博得所有讀者的青睞，但我深切期盼，這本書也能像一隻看似不甚起眼的葫蘆，所藏的某些「微物」，卻有如山中黃金、天上星辰，能夠深深打動人心，甚至會像荒漠中的甘泉，滋潤我們這些仍在人生道上繼續趕路的旅人。

附記：此為十幾年前，筆者為《九歌出版社》出版的語錄書《世界名人開講》，所寫的譯序，重展舊卷，依然讓我思緒翻飛。

對大多數人而言，童年往事無論有多麼美好，
頂多也只能「留予他年說夢痕」罷了，
而筆者何其幸運，竟有機會在現實的生活中，
把深藏內心深處的兒時夢想，
跟西洋名著中的故事，
做了一個最美妙有趣、人見人誇的結合！

失落的童心

成年人受憂慮所累，有時無法看清簡單事物的樂趣，而孩子們卻可見及。

——英國女王伊麗莎白二世

內人在自家陽台養了不少盆栽，雖非奇花異卉，然而，在她「一日看三回」的慇懃看顧下，每一株都長得枝繁葉茂，綠意昂然，尤其是那兩盆個頭不小的九重葛，長期開滿粉白色及紅色的花朵，十分賞心悅目，甚至讓不少蜜蜂都嗡嗡地趕過來湊熱鬧。

日前某晚，筆者正在室內燈下靜觀閒書，落地窗外的花盆間，突然傳來斷斷續續的蟋蟀叫聲，我固然無從得知這位「嬌客」是如何不請自來，現蹤於陽台，卻對此一自幼就聽慣的天籟之音，有一種說不出的親切感。

猶憶，童年時住家是一棟獨門獨院的日式老屋，室內那些印有各種圖案的紙糊拉門、用藺草編織成的榻榻米，以及用檜木打造的玄關及廊道，無不成為永難磨滅的兒時印記。

彼時家中廚房做菜燒飯的灶台，是用紅磚所砌成，斑駁不堪的外觀，顯現著歲月流逝的滄桑，而每到秋冬季節的夜晚，常常就會從磚隙、牆根中傳出清脆的蟲鳴聲。受好奇心驅使，我曾想找出小傢伙的藏身處，家母見狀，即婉言勸說，民間相傳，蟋蟀進屋，乃是家宅興旺的象徵，不要隨便加以驚擾才好。

對母親的話，自是聽得進去，但我對蟋蟀這種小昆蟲的好感與好奇心，就成為童年生活中最溫馨的記憶了。雖說如此，後來我在中國古詩詞裡所見到的蟋蟀身影，給人的意象皆非喜樂之感。

此類詞句，可謂不勝枚舉，信手捻來幾則最為人熟知者，諸如：岳武穆傳世名篇〈小重山〉開頭的「昨夜寒蛩不住鳴，驚回千里夢，已三更」、詩聖杜甫的「促織甚細微，哀音何動人」、中唐詩人白居易的「梧桐上階影，蟋蟀近床聲」，以及北宋文學家蘇東坡的「夜涼枕簟已知秋，更聽寒蛩促機杼」等等，多半是感嘆時光的緊迫，抑或是騷人墨客的感懷、悲秋、思鄉。

不過，在西洋文學的世界裡，蟋蟀所扮演的角色卻非這般，舉例來說，幼年時若讀過十九世紀義大利作家科洛迪所寫的兒童經典名著《木偶奇遇記》，應還記得故事裡有一隻心地善良、能言善道的蟋蟀。另外，以寫《雙城記》馳名於世的英國大文豪狄更斯，在他所寫的聖誕故事《爐邊蟋蟀》中，也有一隻以家庭守護天使之姿登場，經常在主人壁爐上吟唱的蟋蟀。

走筆至此，不禁想到，對大多數人而言，童年往事無論有多麼美好，頂多也只能「留予他年說夢痕」罷了，而筆者何其幸運，竟有機會在現實的生活中，把深藏內心深處的兒時夢想，跟西洋名著中的故事，做了一個最美妙有趣、人見人誇的結合！

話說十多年前，筆者負責改造占地甚廣、早已廢棄多年的台中舊酒廠，讓它浴火重生，開發成文創園區。其中有一棟木造二層樓建築，一樓改建成新式的會議室，二樓則完全採用實木裝潢，規畫為貴賓接待室。此建物經我再三思量，決定將其命名為「杜康草堂」，以示不忘園區的「前世」。

為了使來客有賓至如歸、一室生春之感，我請擔綱的建築師還設計了一個西式壁爐，落成後，特囑總務人員去採購插電即會明滅的裝飾木炭，擺在爐底，算是一種以假亂真的道具。

此外，由於憶起小時候常聽見的蟋蟀叫聲，以及狄更斯在其名著中所說的話：「世上最幸運之事，莫過於爐邊有隻蟋蟀」，故又請同事買來一種感應式的蟋蟀鳴器，置放於壁爐內，從此，貴賓室裡就有了秋蟲之聲，而這番別出心裁的巧思，所費雖然有限，卻每每喚起了不少訪賓的童心，甚至引發他們由衷的讚嘆。

由此看來，儘管你我的童年早已拋在遠遠的身後，但年幼時那顆天真純潔的童心，未見得已隨無情的歲月消磨殆盡，想來當你閱及南宋文學家陸游的詩句：「花前自笑童心在，更伴群兒竹馬嬉」，亦不免心有戚戚焉吧！

去年底，我在網路上讀到英國女王伊麗莎白二世在聖誕節當天發表的祝詞，對她以九十五歲的高齡，仍為其國人點燃了希望的燭光，大為感佩。女王的祝詞中有一句話，教我特別有感，依其原文略譯如下：「成年人受憂慮所累，有時無法看清簡單事物的樂趣，而孩子們卻可見及。」

英國女王是當今世上在位最久、最受敬重的君主，所言看似如此平易近人，惟已點出，人們若不想錯過生命中的美好及感動，就要偶爾停下匆忙的腳步，找回那可能在生命旅程中失落的童心。

人們要永懷自信，努力活出自我，
即使人生的路程已步入「老境」，
仍要找出生活的價值與樂趣。
以我個人為例，在這些日子裡，不自覺的，
常想起瑞典籍巨星英格麗褒曼
在晚年時說過的一句話，那就是：
「變老就像爬山，
你有點喘不過氣來，但風景好多了！」

當你翻過山坡時

變老的好處，是你變得更為圓融成熟。事情不會是非黑即白，你變得更加寬容大度。你可以更容易地看到事情的優點，而不是像年輕時那樣動輒氣憤填膺。

——愛爾蘭國寶小說家梅芙賓奇

打從正式從公職退下來後，不過是一眨眼的工夫，竟已數易寒暑，不禁想到，自己在壯年時，讀到馳名於世美國漫畫家舒茲（Charles Schultz）的名言：「請記住，當你翻過山坡時，你就會開始加快速度了」，雖亦能略識其意，卻全無切身之感。

直到自己過了哀樂中年，不知不覺中來到人生下半場，眼見「一年三節」一晃即至，又匆匆絕塵而去，這才真正體認舒茲此語的意涵，而此種感受之真切，恰跟近些年常被人引用的話語：「初聞不知曲中意，再聽已是曲中人」，簡直若合符節。

不消說，對歲月飛逝的敏感，又有哪一位銀髮族朋友不能深刻體會呢？記得，家母生前常唸叨著家鄉的一句俗諺：「年怕中秋，月怕半」，這句話中的一個「怕」字，就已生動地點出了她老人家的心境！

講起來，無情歲月催人老，讓容顏盡變，健康亮燈，此乃自然法則，無計迴避，不過，因現實社會的功利主義當道，每令長者心懷耿耿，無怪乎美國著名電視節目主持人歐普拉（Oprah Winfrey）會這樣說：「我們生活在一種癡迷於年輕人的文化，此種文化不斷試圖提醒人們，假若自己不再年輕，不再發光發熱，那麼也就無足輕重了！」

歐普拉是美國最具影響力的非洲裔名人之一，對當今歐美社會的偏差現象觀察入微，所思所言很能切中時弊。對此，她也語重心長地規勸世人說：「歲月並非敵人，懼怕改變才是仇家。你一定要想通世間沒有永恆不變的東西，唯有如此，無論你現在活到什麼年紀，你都能開始欣賞自己的優勢。」

此話講得直白，惟已道破中老年人該有的正確心態。就此而言，筆者個人很認同愛

歐普拉（Oprah Winfrey）：「你一定要想通世間沒有永恆不變的東西，唯有如此，無論你現在活到什麼年紀，你都能開始欣賞自己的優勢。」（詹顏攝影）

爾蘭小說家梅芙賓奇（Maeve Binchy）所寫的這樣一段話：「變老的好處，是你變得更為圓融成熟。事情不會是非黑即白，你變得更加寬容大度。你可以更容易地看到事情的優點，而不是像年輕時那樣動輒氣憤填膺。」

梅芙是愛爾蘭當代國寶級作家，擅以溫暖幽默的筆調，描繪女性生活與人際關係，所寫的小說舉世風行，被翻譯成三十七種語言。她的名言甚多，其中最為有趣，以及最深得我心的一句是：「我的故事中，沒有醜小鴨變成天鵝，我是讓醜小鴨變成了自信的鴨子。」見微知著，單從此語，似已可感知她樂天風趣的人格特質了！

而這句話亦在強調，人們要永懷自信，努力活出自我，即使人生的路程已步入「老境」，仍要找出生活的價值與樂趣。以我個人為例，在這些日子裡，不自覺的，常想起瑞典籍巨星英格麗褒曼在晚年時說過的一句話，那就是：「變老就像爬山，你有點喘不過氣來，但風景好多了！」（Getting old is like climbing a mountain; you get a little out of breath, but the view is much better!）我之所以會三復斯言，不知算不算是在自我安慰？

倒是不久前，我在住家附近目睹一事，很可以為前述所引名言作一註腳。話說筆者卜居於木柵貓空地區山邊，每天一大早，我都會徒步下山，到附近便利商店購買咖啡及早點，在途經路邊一座公車候車亭時，經常瞧見一位耄耋老人佝僂著身子等車，心頭不免閃過幾分好奇，這麼早，究竟老者要搭車去哪兒？身旁怎麼就沒見人陪著？內心雖有疑問，但我不好逕自上前搭訕！

那天，清晨天氣微涼，空中飄著毛毛細雨，我撐傘照例出門，這回竟瞥見那位老者獨自蹲在候車亭，撿拾著滿地癮君子丟下的菸蒂。於是，我趕緊走過去，向他打招呼致意。他抬起頭望了我一眼，笑著回說：「我都已九十歲了，舉手之勞做點事，實在不算什麼，反正公車還沒來嘛，我要去傳統市場吃早餐！」

聽聞此言，你能不為之感動嗎？說來這只不過是生活中的偶遇，儘管微不足道，卻讓我看見人性的溫暖與良善！

老布希總統在美國立國二百四十多年的歷史中，
不是像林肯、華盛頓那樣偉大的國家領袖，
但他卻被認為是該國有史以來最受歡迎的總統之一。
他以其終身不移的信念與理想，
鼓舞了國人奮力開拓新局，
而其諸多傳世的嘉言，
也讓人在在感受到他那不凡的人生智慧。

高齡跳傘的美國總統

筆者生平並無懼高症，有時跟三五好友結伴登山健行，亦樂在其中，但對於攀爬難度較高的崇山峻嶺，或是行走山脊稜線，期能登高攬勝，總不免心存膽怯，遇有人以此邀約，一概敬謝不敏。雖說如此，每當我在電視上看到那些挑戰人類極限的節目，例如高空彈跳等，對於人家能享受心臟騰空、血壓飆高的刺激，真是打心底佩服！

當然，最令人敬佩的，可能還是咱們國軍當年效法美國陸軍第八十二空降師與第一〇一空降師，迄今已成軍一甲子的「神龍小組」。此一高空跳傘特技奇旅，每每配合國家慶典，在藍天白雲的映襯下，以天降神兵之姿，表演定點跳傘、接力疊傘、空中花式等節目，讓人們看得驚呼連連，讚嘆不已！

猶記，當年我大學畢業後服預官役，在新北市土城的「運輸兵學校」受完教育訓練，須抽籤決定下哪個部隊。決定命運的那刻，眾人的心情無不忐忑不安，上上籤當然是抽中離家較近的地方，至於抽到「金馬獎」（也就是遠赴金門、馬祖外島服役），雖不算理想，但比起好幾位抽中下放「特種部隊」的，還是深感幸運。

此話又怎麼講呢？不是為別的，就是聽說一旦進入此類勁旅，不管你是否為文質彬彬的大專預官，人人都必須接受嚴格的「傘訓」，也就是說，就算你視跳傘為畏途，有難以克服的心理障礙，也非得學會跳傘的戰技。

不過，讓我意想不到的是，兩年後我從金門役畢返台，跟同期「戰友」重逢，其中一位剛好就是從特種部隊退伍下來的。當下，在場者無不迫不及待地想聽聽他跳傘的「慘痛經驗」時，卻看他眉飛色舞地緩緩道出，原本他對高空跳傘這碼事，也是想到就抖凜凜的，可是在教官循循善誘的訓練及操練下，後來他竟能慢慢領略到馮虛御風、俯瞰大地的跳傘快感和樂趣。他強調，如今他再也不會排斥跳傘了，甚至，有朝一日他願意再「重溫舊夢」！

聽完戰友這番現身說法的表白後，大夥兒這才醒悟，那種看似讓人驚心動魄的高空跳傘，只要訓練扎實、動作確實，絕不會陷人於危境，此情此景反倒可能成為你一生中最難忘、最美妙的回憶。

就在數月前，一則有關打破「金氏紀錄」的跳傘新聞，進入了萬千世人的視野，亦令人嘖嘖稱奇，不敢置信。根據國際媒體報導，瑞典一位年高一百零三歲的人瑞級老奶奶拉森（Rut Larsson），鼓勇從飛機上和教練一起一躍而下，刷新了這種跳傘方式的高齡紀錄，成為世界上最年長的雙人跳傘者。

這位無比神勇的老人家，並非擁有多麼老當益壯的身軀，其實，她早已不良於行，平時還須仰靠助步器才能行動，而且視力和聽力也都退化，如今喜歡上高空跳傘的運動，旁人看來，非僅是在挑戰人類的極限，而且簡直是有意跟死神面對面的叫板。

百歲老奶奶的此番壯舉，可說已為世間長者樹立了鮮明的標竿，鼓勵大家絕不以年歲來自我設限，始終要抱持「有為者亦若是」的精神，勇於完成自己的夢想，勇於嘗試新的事物，努力活出真正的自我。

走筆至此，不禁讓我想到另一位高齡跳傘的典範，他可不是像拉森老奶奶這樣的平民老百姓，而是人盡皆知的世界政治領袖，那就是美國第四十一任總統老布希。我個人當年在舊金山擔任新聞處主管時，華府白宮的主人正是老布希，因而對其從政經歷、對華政策、一生的行誼，都有一定的了解。

我也知道老布希是跳傘的愛好者，以及箇中的高手。他過九十歲大壽時的慶祝方式，就是高空跳傘，這跟他慶祝自己七十五歲、八十歲和八十五歲生日的方式一樣。他的兒子小布希總統在二〇一八年十二月其父的國葬儀式中致詞提到，父親九十歲那次跳傘，是選擇降落在緬因州聖安海濱教堂旁的地面，因為那兒是雙親當年結婚及常去做禮拜的地方，選那個地方降落，就是以防萬一降落傘無法打開。

小布希此語一出，出席的來賓無不為之捧腹，頓時把悲傷的氣氛一掃而空，這種美式的幽默，或許不會出現在東方國家類似的場合，但倒也相當符合老布希在世時的言談風格。

老布希總統在美國立國二百四十多年的歷史中，不是像林肯、華盛頓那樣偉大的國家領袖，但他卻被認為是該國有史以來最受歡迎的總統之一。他以其終身不移的信念與理想，鼓舞了國人奮力開拓新局，而其諸多傳世的嘉言，也讓人在在感受到他那不凡的人生智慧，例如：

他強調家庭的重要，提醒人們：「家庭是我們國家找到希望的地方，是翅膀承載夢想的地方。」

他期許從政者，不能為謀取私利而罔顧人格，直言道：「我最自豪的時刻之一，就是我沒有為了博取人氣，出賣自己的靈魂。」

他企盼媒體要扮演好第四權的角色，乃嚴正指出：「權力很容易讓人上癮，它可能具有腐蝕性。對媒體來說，追究濫用權力者的責任，何其重要。」

這些擲地有聲之言，看似平淡無奇，卻不正是現今許多國家及政治人物病根之所在，而你我對這位耄耋之年，仍無懼於高空跳傘的美國總統，非僅要佩服他過人的勇氣和膽識，更應佩服他那卓絕的政治遠見及道德高度！

我那中年守寡、劬勞一生的老母親，
過往常掛在嘴邊的一句家鄉俗話，
就是：「無事不找事，有事不怕事。」
說實在的，我年輕時，初聽此語，也沒往心上去，
後來進入社會做事，見識到人心的險惡，
甚至在自身蒙受不白之冤時，才想到母親以一個婦道人家，
一生走過對日抗戰、國共內戰、逃難來台等風雲激盪的歲月，
尚能勇於面對人生的跌宕及磨難，
身為軍人子弟的自己，遇事又豈容退縮，不敢挺身接招呢？

永不漂泊的母愛

上帝不能無所不在，因此祂創造了母親。

——英國近代詩人吉卜林

多年來，前前後後筆者寫了不少勵志性質文章，每每以野人獻曝之意，探討如何擴展人生的視野，正視生活的光明面，以及鼓吹活在當下、愛要及時的人生至理。復因個人收藏有大量的英文語錄書，走筆行文，往往引用名人的話語，作為佐證，日久天長，無形中竟形成了自己獨樹一幟的寫作風格。

日前，好友劉培兄閒談時提點道，世界名人的傳世名言，固然經得起紅塵歲月的淘洗，必有其令人信服的地方，其中亦不乏可當成座右銘者，不過，一般人在成長過程中，父母耳提面命的訓誨或告誡，多半是揉合了文化傳承、祖輩家訓，以及個人生活的體驗，也很有參考價值，不妨說道一番。

講起來，劉兄可是筆者相交了一輩子的「老友記」，當年我在中央單位做主管時，特意拉他過來當副手，兩人相知甚深，合作無間，彼此既有公誼，又有私交。猶記，有一次聊天，他跟我講到其母身為離亂時代的軍眷，是位很堅強的女性，幾多治家格言，讓他受用無窮，也影響了他一生為人處世的態度。

舉例來說，他母親認為男孩子在外闖蕩，一定要設法多交朋友，廣結善緣，故常唸叨：「一個朋友一條路，一個敵人一道牆。」或許，就是受此庭訓的影響，劉兄對人的熱情與大方，著實教人自嘆弗如，抑或為之傻眼。譬如，中午原本兩人相約外出吃飯，就見他一路逢人打招呼吆喝，最後竟變成一票人聚餐，且由他搶著買單。

劉兄談笑間所提到的「媽媽經」，有些年輕人聞此，極有可能像北宋文學家蘇東坡所形容的那樣：「青山自是絕世，無人誰與為容；說向市朝公子，何殊馬耳東風」，然而，等他們年歲稍長，社會閱歷較豐後，再回味過來，感受跟領會或許就截然不同了。

記憶所及，劉兄告訴過我其母的口頭禪，至少還有以下數則：「人要活得有志氣，不能沒有骨氣」、「樹怕爛根，人怕無志」、「早起三光，晚起三慌」、「不怕事難，就怕手懶」、「不磨不鍊，不成好漢」、「大富靠天，小富靠儉」、「小的不留，大的沒有」（別輕視小錢之意）等等。

走筆至此，不禁憶起我那中年守寡、劬勞一生的老母親，過往常掛在嘴邊的一句家鄉俗話，就是：「無事不找事，有事不怕事。」說實在的，我年輕時，初聽此語，也沒往心上去，後來進入社會做事，見識到人心的險惡，甚至在自身蒙受不白之冤時，才想到母親以一個婦道人家，一生走過對日抗戰、國共內戰、逃難來台等風雲激盪的歲月，尚能勇於面對人生的跌宕及磨難，身為軍人子弟的自己，遇事又豈容退縮，不敢挺身接招呢？

凡此常民的生活語言，看似平凡無奇，卻不知承載了多少世間寶貴的智慧，以及「為母則強」的生活哲理？無怪乎以小說《湯姆叔叔的小屋》（*Uncle Tom's Cabin*，另有譯名《黑奴籲天錄》）馳名於世的美國十九世紀女作家史托夫人（Harriet Beecher Stowe），會講出這樣的傳世名言：「大多數做母親的，都是天生的哲學家。」

史托夫人是彼時倡導廢奴及人道主義的旗手，所寫的這部暢銷名著，對引爆美國南

作者所收藏迷你英文語錄書。

北戰爭產生了一定程度的影響力，因而林肯總統在接見她時曾說：「原來你就是那位引發一場大戰的小婦人！」

這位小說家以其敏銳的社會觀察力，將世間母親比喻成天生的哲學家，可說是道盡了天下兒女共同的心聲，而筆者手邊恰有一本裝幀精美典雅、內容與眾不同的英文語錄書，可為註腳。

此書的特殊處，單從書名《母親常說的話》，即可猜知它所收錄的，並非一般名人的佳言睿語，而是原滋原味的，記錄了一位平凡母親對女兒的諄諄教導、叮嚀或告誡，從生活細節、言談舉止，到待人接物，可說是鉅細靡遺，讀來雖感親切有味，亦不得不佩服她的無微不至，從而認定母親此一角色，既是永遠的全職保母，亦是永遠的心靈導師。

書中數百則的語錄，無一不是生活淬煉出來的心得，例如，有關物色男友，她對女兒說「海中的魚，不可勝數」；有關衣著，她說好女孩「不佩戴會發出聲響的手飾」、「不去穿黑色的內衣」；有關與人交談，她說「如果你對某人講不出入耳的話，那就乾脆一言不發」；有關容顏的變化，她說「那不是皺紋，而是笑紋」；有關教養下一代，她說「你必須給孩子兩樣東西，那就是：給他們根，也給他們翅膀」。

翻閱此書，固可感受到東西文化的某些差異，然則，那種普世皆同的親情，那種永不漂泊的母愛，不僅印證了英國近代詩人吉卜林（Rudyard Kipling）被世人傳誦不歇的名言：「上帝不能無所不在，因此祂創造了母親」，而且，也讓你真正感悟，母親的身影及教誨，將是你此生最珍貴的生命記憶！

一個如此倉促成軍的詩班，
竟能在「嚴師」使出渾身解數下，
調教出數十人四部合唱的超高水準演出。
而那有如天籟般的歌聲，迴盪在大堂之中時，
非但穿透了座中每一位會眾的心靈，
同時也使眾人感受到一種在神豐盛恩典下的真正平安。

神也動容的歌聲

世間最美好的事物，只能以最不可承受的痛苦來換得。

——澳大利亞作家馬嘉露

對生活在台灣各地的眾多基督徒來說，每個星期天前往教會參加主日崇拜，是絕不可輕易割捨的固定行程，不論是炎夏寒冬，或是颳風下雨，都不會稍減他們滿懷期待的參與熱情。

教堂是神的聖所，人們前往聚會最核心的意義，即在藉著祈禱、獻詩、證道等敬拜儀式，來堅定信仰，讓其在天路奔馳、尋求救贖的歷程中，不因世途的高高低低，生活的風風雨雨，動搖自身的信念與信心，同時也讓人再次感知，即使身處苦難或不幸之中，仍舊有神的垂憐和祝福。

個人特別偏愛禮拜中詩班的獻詩，自是成年之後的事了，但追本溯源，可能也跟幼年時所結下的助緣有關。說來那是自己很小的時候，星期天有時跟同眷村的玩伴，跑到社區內唯一的教堂「廈門街浸信會」玩耍，常被大堂所傳出的歌聲所吸引，就一塊兒趴在玻璃窗邊，踮著腳丫子偷瞄詩班的獻詩，而不待大人驅趕，我們就會一哄而散，雖說浮生了了，往事一如過眼雲煙，而彼時的情景，至今依然歷歷在目。

所謂「少年子弟江湖老」，在歷經歲月滄桑，備嘗世間況味之後，這些年來，坐聽教堂詩班獻詩，每每就會被那聖潔純淨的歌聲，觸動早已跌落紅塵、被俗事緊緊捆綁的心靈，甚至感動到雙眼潮潤，彷若又一次被聖靈充滿。舉例而言，日前在台北信友堂聆聽「雅斤詩班」獻唱〈如果我能唱〉時，不由心潮起伏，思緒翻飛。

我不禁想到，根據《聖經》福音書的記載，耶穌和其十二位門徒在逾越節的前夕進入耶路撒冷城，共進晚餐之後，他們「唱了詩，就出來，往橄欖山去。」可以想見，這應不是耶穌一生中首次開口歌唱，但必是他被釘十字架受難前，最後一次以歌聲敬拜父神。

繼而聯想到《詩篇》第一五〇篇所載：「你們要讚美耶和華，在神的聖所讚美他，在他顯能力的穹蒼讚美他。」甚至，也連帶憶起世界著名小說《刺鳥》「卷首語」中所講的：傳說中有一種鳥，名為刺鳥，一生中只唱一回歌，就是在牠尋覓到一棵有刺的樹，用最長的刺扎進自己胸口時，所吐露的歌聲。

這本名著之作者澳大利亞的馬嘉露（Colleen McCullough）寫道，刺鳥歌聲之美妙動聽，遠超過林中的雲雀與夜鶯，就連在天堂的上帝也為之莞爾不已，故說：「世間最美好的事物，只能以最不可承受的痛苦來換得。」（For the best is only bought at the cost of great pain.）若拿這回「雅斤詩班」獻唱的這首歌來談，似乎也有差堪比擬之處。

首先，指揮趙雅麗老師選唱的這首詩歌，是由剛出生就因腦性痲痺而全身癱瘓的黃美廉女士所寫。歌詞中有：「如果我能完整唱一首歌，那將是對祂的感恩和讚美，苦難中祂給我安慰，徬徨時祂給我智慧」、「天上的雲雀啊，會唱的人們哪，你們可願代我歌頌上帝無比之美？」

這位一生受盡身心折磨，看起來是完全沒有希望的世間勇者，始終抱持對神堅定不移的信心，奮鬥不懈，終獲美國加州大學藝術博士，以「活著，等著，讓主用」為信念，寫出對主的仰望、感恩和讚美。

聲樂家趙雅麗老師，擔負起選曲與指揮的重責大任，她讓詩班成員著實認識到平日和藹幽默的「鄰家大姊」，怎麼轉身之間，竟會這樣一絲不苟地嚴格要求練唱時的發聲、姿勢、呼吸、音準、合拍等各個細節。此外，她極看重大家練唱時的出勤狀況，言明遲到五分鐘，是寬容的極限，兩次不到，就請自動退出。

很難想像吧，一個如此倉促成軍的詩班，竟能在「嚴師」使出渾身解數下，調教出數十人四部合唱的超高水準演出。而那有如天籟般的歌聲，迴盪在大堂之中時，非但穿透了座中每一位會眾的心靈，同時也使眾人感受到一種在神豐盛恩典下的真正平安。

尤值一提的是，唱詩班中男高音李宗球弟兄、女高音林美昭姊妹，渾厚嘹亮的嗓音，有若曠野中吹起黎明的號角，無形中激起會眾對天堂的憧憬和想像，拉近了眾人與天父之間的距離。

想來，並非人人能認知一首觸動人心的聖樂或聖歌，竟有如此不可思議的能量。然而，你若曉得上世紀初「鐵達尼號」深夜在北大西洋撞上冰山，行將沉沒之際，船上的提琴手是如何臨危不亂的，聚集在甲板上，演奏〈與主相親〉（Nearer My God to

Thee）一曲，及時發揮了鎮定及撫慰人心的巨大力量，也就不會覺得筆者的描述有言過其實之處了。

總之，信友堂「雅斤詩班」此回獻唱，把一位身遭深重苦難者對神的謳歌，做了無懈可擊的完美呈現，也唱出了永恆的感動，鼓舞了會眾對信仰的堅持。或許，也會令那昔在今在永在、無所不在的神，為之動容！

深知世緣聚散，彷若深宵河上的一星燈火，
隨風明滅，何其脆弱。
儘管如此，若欲提煉人生的質量，
每日忙進忙出地打拚之餘，
還必須為自己培養一份終生不渝的閒情，
憑此借境調心，打開生命的另一扇門扉。

人生應有閒情在

造訪過我辦公室的朋友，往往會被牆壁上懸掛著的幾幅字畫所吸引，而一旦注意力轉移到藝術收藏，不管彼此原本的話題有多正經，氣氛如何嚴肅，一份閒情逸致頓時會散播開來，每每讓言談變得更為輕鬆、投契。

首先映入客人眼眸的，乃是一個用朱砂寫的斗大「壽」字，出自年登耄耋的藝壇耆宿王壽萱老師之手。筆走龍蛇的草書，雲行水流，轉折成趣，右邊的一點，以壽桃之形呈現，更見巧思。題識不落上款，卻把筆者名字嵌入詩句之中云：「蟠桃一熟三千載，瑞氣祥光獻壽來」，令人不得不佩服王老師的高招妙著。

與此有異曲同工之妙的，是現今嶺南畫派大師歐豪年教授的一幅花卉，畫中酒甕菊花，相映成趣，秋意盎然，讓人若聞醇醪、若炙花香，而題識卻是重點，詩曰：「既喜人間新酒熟，又欣天廓五雲開，仙家若識塵世願，應許麻姑貢壽來」，同樣不落上款，祝福之忱，款款流瀉。

打從年輕起，我就喜歡上中國傳統書畫，行有餘力，也稍事購藏，雖稱熱中，卻早已體會，文物逐世轉移，自己不過是暫為保管，絕不能玩物喪志。其間因緣際會，也曾與不少藝術家訂交，時相過從。友人所贈手跡，都送店精心裝裱，極受寶愛，而我卻甚少主動開口求字索畫，深怕被拒千里，亦怕被冠以「打秋風」之名，更因認知到，藝術家也需生活，若有求必應，窮於應付不說，無形中也破壞了本身在市場上的行情。

有些人認為，書畫家從事創作，全憑個人雙手，可謂手到擒來，不花多少本錢，若能以此會友，廣結善緣，何樂不為？日前，參加一群畫家出國展覽的慶功宴，就真正領教了高手求畫的功力。飯局的主人曾為此事奔走效力，席間備受推崇，樂不可支。頭道菜一上桌，他先舉杯向眾人致意，感謝大家的共襄盛舉，接著以順時針的方向打通關，對非藝術家的客人，即表示可以隨意，不勉強喝多喝少，而對方若是畫家，他就雙手執杯笑說：「我先乾為敬，你若不想乾杯，絕不勉強，只要過兩天送我一張大作即可相抵！」

若欲提煉人生的質量，每日忙進忙出地打拚之餘，還必須為自己培養一份終生不渝的閒情。（莊翔筑攝影）

面對這樣出其不意，半認真半開玩笑似的招數，畫家顯得有點難以招架，尷尬地拿著酒杯，喝也不是，不喝也不是。當然，手中之酒是否入口，已非關鍵，要緊的是主人求畫之意已昭然若揭，即使自己「阿莎力」地一乾而盡，就可還報人情，免送畫作了嗎？此類進退維谷的場面的確難以處理，不過，我本身也親眼見過化解有方之人。

講起來已是七八年前的事，也是在應酬場合，一位文教部門的官員趁著酒酣耳熱、賓主歡談之際，對大畫家歐豪年說：「大師，我有一位好友非常喜歡您的作品，前兩天參觀過您的畫展後向我表示，希望能擁有一幅您的山水中堂，不知您是可以割愛贈送呢？或是照價出售呢？抑或是打一個相當折扣？」

那天筆者是東道主，眼見有客人冷不防丟出此一問題，立即可以感受到歐大師的窘態，但卻不便越俎代庖，替他回應，心中有點乾著急，卻只見歐教授咧嘴微微一笑，不慌不忙地開口道：「一切好說！好說！」

輕描淡寫的連聲「好說」，預留了彼此餘地，既不當面有所開罪，也不給予具體承諾，輕易地化解了一道難題。

與歐大師相較，嶺南畫派前輩高劍父生前所遭遇強勢索畫的情形，就沒有那麼輕鬆了。

一九七八年香港市政局曾舉辦「高劍父的藝術」展覽，當時《明報》雜誌配合刊出一篇專文，提到劍父先生從不輕易贈畫予人，有一位陳姓將軍向其求畫求了二十年，始終未能如願以償。有一天，將軍特別設宴，邀高氏來敘，高劍父抵達後見到現場已備妥紙筆顏料，知道主人別有所圖，掉頭就要離去。將軍見狀，馬上從腰間掏出手槍，指著高氏不客氣地說：「今天你要不給我畫張畫，就甭想離開此一房間！」高劍父雖感萬般氣惱，亦無可奈何，只能依令揮毫，草草完成一幅秋菊後，題道：「為愛頭顱寫殘菊，廿年畫債今始償」，算是識時務的保命之作。

求畫求到以槍相逼的地步，未免有點欺人太甚，但高劍父任憑對方開口索了二十年，都不肯隨便應命，亦足以見出其惜墨如金的文人性格，跟近代書家、光緒皇帝的老師翁同龢的作風，顯有相近之處。

翁同龢係清末朝廷中的開明派重臣，力主革新圖強，支持康有為、梁啟超的變法，光緒二十四年戊戌政變後被西太后革職，回江蘇常熟原籍家居，由地方官管束，心情甚為苦悶，每日練字習畫，作為消遣，親友求其墨寶者，絡繹於途，但十之八九被打回票。

翁同龢的書法在清代書壇占有舉足輕重之地位，其練字早年從歐陽詢、褚遂良入手，中年轉師顏真卿，晚年歸田後，又臨習魏碑，作品淳厚古樸，蒼老遒勁，評價極高，公認是同、光年間書家中之第一人。

根據民國初年學者筆記，翁同龢回籍之後，有管束之責的常熟縣令朱氏，多次請其書贈墨寶，都未能如願，因而三頭兩天的前往翁相國住所探視，每次都對僕從詳加盤查，聲明自己是職責在身，必須對相國的起居動靜有所掌握。翁氏對此深感忿忿難平，於是每天就寫一封短信給縣令，或說今日要到後花園走動，或言當日準備洗腳，請縣太爺駕臨看管云云，意在讓縣令難堪。朱氏得信卻喜出望外，將翁同龢的手跡精裱成條幅，懸掛在客廳內。此事傳開，翁同龢大窘，立即派人前往縣衙交涉，盼能收回原函。

此時，主客之勢易位，朱氏自然拿翹起來，竟說：「這些全都是相國親筆真跡，外界不易購得，若定要收回，必須用十幅作品來交換。」翁同龢聞言悔不當初，只好萬般不情願地親書一條屏及一副對聯，送去交換，朱氏夢寐以求之物，終於到手。論其居心，固不值恭維，惟言其手段，只能說是智取，比高劍父遇到那位以勢相逼的武夫，高明不知凡幾。

前述兩例，雖說是書畫收藏的逸聞趣事，但亦略可見出清末民初部分人士收藏字畫，旨在裝點門面，提高自家聲望，附庸風雅的意味，遠超過內心對藝術的喜好。時至今日，商業掛帥，事事講究經濟效益，文物收藏變成投資理財的一種工具，拍賣紀錄高低，藝術市場起伏，動輒糾纏人心，相形之下，書畫怡情悅性的功用，多少已被邊緣化。

這些年來，個人生活的轉折頗多，朱顏變盡、哀樂中年的體會，可謂刻骨銘心，深知世緣聚散，彷若深宵河上的一星燈火，隨風明滅，何其脆弱。儘管如此，若欲提煉人生的質量，每日忙進忙出地打拚之餘，還必須為自己培養一份終生不渝的閒情，憑此借境調心，打開生命的另一扇門扉，讓自己得以放慢腳程，甚至暫時擱下生活的重擔，領略藝術家為我們打造的美麗世界！

每個人生命中都有渴望成真的美夢，
透過藝術品所搭建的橋梁，
人們可以走入憧憬已久的夢境，
獲得精神上的滿足，
甚至是一種生命的救贖。

金鼠獻瑞又一年

我喜愛米老鼠的程度，超過任何我所認識的女人。

——美國著名動畫師、電影製片人華德迪斯奈

今年是鼠年，台北市立美術館的八百多名志工，好幾個月前就開始殷殷期盼今年可要比照往年一樣，只要累計擔任志工五百小時，就能領到國畫大家鄭善禧老師所製作的版印年畫一張。

鄭老師與北美館已合作六年，先後出了馬、羊、猴、雞、狗、豬六張生肖年畫，十二生肖中也占了半數，再加上先前應高雄美術館之邀所作的虎年版畫，事實上，鄭老師已創作過七張版印年畫。收藏界中的有心人，早就先知先覺，暗中透過各種途徑與管

道收集全這七張，當然，他們無不希望鄭老師能再接再厲，繼續逐年完成其他生肖的年畫，一旦蒐齊真正的全套，這些版畫的身價可要翻上幾番了。收藏固然講究的是情趣，但其價值若能與時俱增，又何樂不為？

人們收藏藝術品的動機，當然不只著眼於投資、保值，大部分人購買這些「身外之物」，還是基於作品能讓他們感動，可以添增他們生活的情趣，豐富他們的生活內涵。美國當代女水彩畫家鄧克麗（Penny Duncklee）說：「收藏家是購買一種生活方式，藝術作品讓他們跟夢想取得聯繫。」換言之，每個人生命中都有渴望成真的美夢，透過藝術品所搭建的橋梁，人們可以走入憧憬已久的夢境，獲得精神上的滿足，甚至是一種生命的救贖。

當代另一位美國女性水彩畫家李思嫚（Beverly Leesman），把收藏家與藝術家之間的關係，形容得更為具體，她說：「藝術家希望為其作品找到一個理想的家，因為唯有這樣，才能對得起其創作的艱辛。大部分藝術家，都在他們所創作的每一件作品中，投入大量自我，你的購藏，反映出你與那位藝術家已建立一種微妙的聯繫。」

李思嫚這段話，文字看似平淡無奇，卻能道盡無數藝術家與收藏家的心聲，就長期

李思嫚（Beverly Leesman）：「大部分藝術家，都在他們所創作的每一件作品中，投入大量自我。」（詹顏攝影）

在文物世界裡流連忘返的筆者而言，更有深得我心之感。舉例來說，筆者家中客廳掛著一幅嶺南畫派大師高劍父先生所寫的草書，內容是盛唐詩聖杜甫所作〈秋興八首〉中的第一首：「玉露凋傷楓樹林，巫山巫峽氣蕭森，江間波浪兼天湧，塞上風雲接地陰，叢菊兩開他日淚，孤舟一繫故園心，寒衣處處催刀尺，白帝城高急暮砧。」

這首詩是杜甫五十五歲，知交零落、晚景淒涼時的代表作，筆者所感受到的，除卻歲華搖落的暮年殘景，以及生命無常的喟嘆之外，欣賞大藝術家高劍父筆走龍蛇、雄厚跌宕的書法，更讓人內心中油然興起一種「人生朝露，藝術千秋」的共鳴。

杜甫生於西元七一二年，是中國歷史上最偉大的平民詩人，千載之後的嶺南畫派巨擘高劍父書其詩作，感受詩聖那種憂國憂民的心境之餘，高氏對自己在動亂時代一生飄泊的際遇，必然也會有不勝欷歔之感。他以其出神入化的筆法，描摹古人的心緒，實則也以書道呈現出個人的羈旅之感與生命的苦難。

任何人讀到杜甫的律詩，或看到高劍父的創作，就一定會同意李思嫚所說的藝術家在其作品中「投入大量自我」的論斷。詩人是如此，畫家是如此，身為台灣當今重量級水墨大家的鄭善禧老師，又何嘗不是如此？

易言之，鄭老師的筆下，無論是山水、人物、花鳥或走獸，在在所反映的，是他個人現實中的世界、記憶中的世界、理想中的世界，甚至是他想像中的世界，綜合起來那是一個充滿童趣、真誠與生命力的世界，這一點，從鄭老師此次為台北市立美術館所製作的鼠年版印年畫，就可獲得證實。

依據西方藝術鑑賞的基本理論，賞玩一件藝術品至少可從描述、分析、詮釋、判斷四個層面著手，若以鄭老師這幅鼠年版畫為賞析對象，我們可以亦步亦趨的依此步驟，來領略此畫的真實面貌以及它所代表的意義。

年畫正中是一個雲狀珮飾，占了整幅畫約二分之一的面積，上面畫有一隻弓身面西的老鼠，鼠身上方有兩枚以紅線穿透的銅錢，鼠足下面有兩顆花生，此為年畫的主畫面。珮飾的上頭繫有一個小圈，寫著「2008」、「戊子」年款，下面繫有打著「萬年結」的流蘇。年畫的上方與下方各有一條以老鼠娶親為主題的反白紅色「門彩」，場面熱鬧，儀仗齊全，新郎騎馬、新娘乘轎，另有執事老鼠掌旗敲鑼、抬花轎等。年畫左右兩側分別題有「歲次戊子」、「逢事有喜」紅字，下方左右角落各有一個大大的紅色「囍」字，下沿中間部位還題有「民國九十七年」的年款。

鄭善禧所繪鼠年版畫。（聞名畫廊提供）

鄭老師此幅版畫是以紅、藍、褐為主調，形成極為強烈的對比，其中藍色擔任如布幕般的背景角色，把擔任主角的褐色老鼠，以及上下兩幅反白紅色的老鼠娶親場面，連同年款與「逢事有喜」的吉祥語，襯托到最搶眼的幕前。

鼠年的主角自然是老鼠，放在畫面的中央位置，突顯的是主控全局、擔綱演出的重要分量。畫家以寥寥數筆鉤勒出老鼠的造型，長尾、尖嘴、招風耳、躍躍欲試的腿足，再加上骨溜溜轉動的眼睛、數根不斷抖動的髯鬚，把一隻原本人見人厭的小動物，成功轉化成人見人愛的對象，所仰靠的，不僅是藝術家高妙的畫技與敏銳的觀察力，而且是藝術家的慧心與悲憫。

鄭善禧老師是現今國內備受推崇的水墨大家，擅長鄉土寫實，對空間的運用及畫面虛實的處理，乃至色彩賓主的安排，無不得心應手，掌握得無懈可擊。以此幅版畫而言，配合年節氣氛，所欲呈現的，是鼠年行大運的喜氣與祝福。他在主角的上方，畫上穿紅線的喜錢，象徵著財運亨通之喜兆，而在鼠足下，畫有俗稱「長生果」的花生，亦代表著福壽康寧的吉兆。另把老鼠娶親的民俗故事，活靈活現地搬上年畫舞台，讓畫面顯得喜氣洋洋，並在歡樂與熱鬧的氣氛中，預示著一年的好運。

尤為特殊的，是鄭老師在畫面上的紀年，為干支、民國、西元三者並用，故有「戊子」、「民國九十七年」、「2008」等字樣，如此兼容並蓄的紀年法，是鄭老師獨樹一幟的匠心，既有創意，也可添增畫面的豐富性與趣味。

鄭老師的畫，往往給人一種明朗、清新、簡練、生動之感，無怪乎有收藏家稱其為台灣的齊白石，所強調的，應不是他的畫風與白石老人有差堪比擬之處，而是在推崇鄭老師的畫，能將水墨的美學，推展到一種新的境界。他的畫所呈現的，不是象牙塔中的無病呻吟，而是從民族傳承中，以及從現實生活中，提煉出的人生智慧，故能傳統與現代並行，莊嚴與詼諧兼備，達到一種形神兼具、情景交融的境地，而讓觀者產生一種非常親切與溫暖的感覺。

以此幅版印年畫的題材而言，從中國人常用有關老鼠的成語，諸如「過街老鼠」、「抱頭鼠竄」、「膽小如鼠」等形容語句，就可知老鼠在人們心中的地位如何，事實上，在中國古畫裡，十二生肖中也只有老鼠是極少入畫的，若不將松鼠計算在內，一直到了近代，才有齊白石、豐子愷以及嶺南畫派諸家，讓老鼠出頭露臉。

當然，也不止這些藝術家對老鼠有所同情，西班牙就有格諺說：「寧願當一隻貓兒口中的老鼠，也不要成為落入律師手中的人。」（It is better to be a mouse in a cat's mouth than a man in a lawyer's hands.）諷刺的固然是律師的不仁，但也顯示，老鼠面對其天敵貓咪的可憐處境。

鄭老師的鼠年版印年畫，會不會由於其強大的感染力，多少改變一點傳統上人們對老鼠的觀感，無人可以確知，但我們切莫忘記，卡通人物米老鼠的創造者華德迪斯奈（Walt Disney）就說過這麼一句話：「我喜愛米老鼠的程度，超過任何我所認識的女人。」（I love Mickey Mouse more than any woman I have ever known.）

可見，想像中的老鼠，也可以是很討人喜歡的。至少，幾乎所有的算命師都說，鼠年出生的人，天性樂觀、直觀力強、環境適應力優越，所以一定左右逢源，處處受到歡迎！

輯二

當時只道是尋常

周老師雖早已成為畫壇巨擘，海內外聲名遠播，
但他與人相處，對語之間，
臉上總是掛著親切的笑容，
給人一種如沐春風之感，
也讓人不禁想起北宋名臣范仲淹文章中的句子：
「雲山蒼蒼，江水泱泱，先生之風，山高水長。」

山谷中留著有那回音

你問黑夜要回那一句話，你仍得相信，山谷中留著有那回音。

——民國女詩人林徽因

國畫大師周澄老師日前驟然辭世，消息傳來，心中真是萬般不捨。猶憶，我跟周老師結緣於美西，當年我是以駐舊金山新聞處主任的身分，為國內十位中生代藝術家舉辦「長河雅集」畫展，而周老師即是十傑之一。那回畫展取得空前的成功，堪稱是彼時當地文化界少見的盛事。

在我回國任職之後，又多次安排此一雅集成員，前往東歐與中南美洲巡展，從事文化交流活動，所到之處，無不佳評如潮，迭創佳績。也就是因為有此殊勝的緣分，我跟

Look to me, and be saved, all you ends
of the earth! For I am God, and there is
no other. Isaiah 45:22

山谷中留著有那回音。作者所收藏的卡片。

周老師認識愈久，對其畫藝、道德、文章，以及恬淡謙虛的不凡人格，愈為敬重！

尤值一提的是，周老師雖早已成為畫壇巨擘，海內外聲名遠播，但他與人相處，對語之間，臉上總是掛著親切的笑容，給人一種如沐春風之感，也讓人不禁想起北宋名臣范仲淹文章中的句子：「雲山蒼蒼，江水泱泱，先生之風，山高水長」，平心而言，以此語來評價周老師一生的行誼，何嘗不是再恰當不過！

前年周老師在台北國父紀念館舉行「八十回顧展」，事前製作了一部紀錄片，導演依據周老師所建議的名單，邀我在片中講幾句話，錄影時興致一來，當下我吟誦了民國女詩人林徽因的〈別丟掉〉。

沒料到，此一段落，竟被剪輯到該片的結尾，給人一種餘韻深長、悠悠不盡之感。據說，這首詩是林徽因特別為故友徐志摩所作，詩句唯美而深情，是我此生少數會背誦的白話詩之一。

此刻想來，片中我所朗讀的最後一句：「你問黑夜要回那一句話，你仍得相信，山谷中留著有那回音」，似已預示了周老師筆下的壯麗山河，以及他的言談謦欬，必將時時迴盪在你我心中，永不消散！

柏老呼籲國人說：

「中華人必須克制情緒性的歇斯底里，
而另行建立一種理性文化：
個人的尊嚴、對人的尊重、誠信的能力、
包容的氣度——在這四根巨柱上建立平台！」

永遠的夸父

——讀柏楊先生《天真是一種動力》有感

棋局已殘，哲人遠去，我們心中卻有著無限的哀思與不捨。（文訊文藝資料中心提供）

人權學者、文史大家柏楊先生過世了，作為一名他的死忠讀者，我曾記下讀其大作《天真是一種動力》的感想，而我也深信，任何人在讀了書中一篇篇緊扣著台灣政情發展、鞭辟入裡的精彩文章，仍得相信，曾在綠島坐過九年又二十六天冤獄的柏老，永遠代表著今日台灣社會的良心以及沉默眾人的心聲。

台灣政治民主化的發展，多年以來，一直是朝野琅琅上口，引以為傲的政績，但曾幾何時，這個華人世界的「模範生」，卻讓人開始為她憂心。一年三百六十五天日夜歹戲連棚的政治角力、只論立場不論是非曲直的惡質言行、競相引發族群對立的選舉文化，在在加速消耗全民打拚半世紀所蓄積的國力，也使民眾的生活痛苦指數不斷攀高。

此外，在攸關台海安危的兩岸問題上，也因統獨之爭、國家定位問題，以及以選票市場為導向的言論，使得原本已展現曙光的互動關係，不進反退，甚至有隨時可能擦槍走火，邁向戰爭邊緣之勢。於是，研究國際情勢的歐美學者專家紛紛學做烏鴉，一再痛陳利害，警示台灣處境的險峻，卻被不少「勇敢的台灣人」嗤之以鼻，認為是危言聳聽。

在一切政治舉措悉以黨派利益為前提之下，台灣陷於前所未見的空轉局面，表面上，機器運轉順暢，所製造出的「棉花糖」膨脹得漂亮，卻是中看不中吃，無益於國計民生，也禁不起任何實質的挑戰與考驗。

台灣生病了，而且病勢不輕，然而，只要有人敢冒大不韙，坦率指出此一事實，就有可能被扣以「唱衰台灣」的大帽子。

台灣究竟得了什麼病？是柏老書中說的「權力癡呆症」、「政治痲疹症候群」，抑或是斯土斯民「人性的墮落」？

就前者而言，英國史學家艾克頓（Lord Acton, 1834-1902）所說的曠世名言：「權力使人腐化，絕對的權力造成絕對的腐化」，適可貼切地描繪當前台灣「官大學問大」、「立場凌駕專業」、「政治正確第一」等最為人詬病的醬缸文化現象。柏老一針見血地抨擊道：「權力是一種比愛情更致命的吸引力」，它使得政治人物「超越上帝，可以隨心所欲、毫無忌憚地膨脹權力和道德能量」。柏老更沉痛地說：「醬缸文化最缺少的基因，正是對專業的誠實和尊重。西洋人說知識即權力，我們則是權力即知識。」

權力腐化的表徵之一，就是罔顧公義的政治資源分配。根據阿根廷著名法律學者及專欄作家龔杜拉（Mariano Grondona）的研究，今日屬於第三世界的拉丁美洲國家中，「個人的忠誠應得到報償，而公義可以撇到一旁」的濫權醜行，處處可見，嚴重影響到政府的信譽與官箴，最終付出代價的卻是人民自己。反觀台灣，這方面人性墮落的快速，是不是也很值得我們虛心檢討？

其實，這些年來，政府推動的各種政策中，何嘗沒有可圈可點之處？執政黨中有識之士的建言，不是也有教人敬佩的觀點？惟令人備感惋惜的是，少數短視之輩，打擊政治對手時，很流行「愛不愛台灣」一類的話。講這些話的人，也不需比別人多繳稅，就能勇奪愛台灣排行榜的榜首，而且就能擁有上帝所賜予的調查權，可以任意去檢驗別人的「忠誠」。

這種刻意割裂族群、信口開河的政治言行，在選舉造勢場合，更是百試不爽的萬靈丹，能讓「非我族類，其心必異」的對手與支持者，一下子全都變成人人得以誅之的「賣國賊」。

說穿了，這些操弄民粹的愚民把戲，只不過是部分政治人物謀奪選票的利器罷了。居住在這塊土地上的人民，不分先來後到，共同生活了半個多世紀，不說血緣，就說思想及生活方式，相同的地方也一定遠多過於相異之處，社會中早已不成問題之事，卻在有心人士的炒作下，變成了劃分你我的原罪。

於是，柏老在書中沉痛地說出這樣的話：「民主和民粹差之毫釐，謬以千里。民主一旦失控，接下來一定是混亂和極權，孤零零的知識分子，將首先付出流血和流淚的慘痛代價。」柏老不願粉飾太平，甚至坦言：「我們雖已進步到『選票出政權』的時代，但我們用的卻是『槍桿出政權』的文化。」

再以部分政治人物開口閉口成天掛在嘴邊的「台灣文化」、「河洛人」、「本土化」來說，柏老在接受中國大陸記者訪問時，開宗明義言及：「台灣文化的主流就是中原文化。」他毫不含糊地進一步解釋道，台灣文化的主流乃是來自於黃河及洛水流域，那就是古代的中原。河洛流域在大分裂時代，人民大量向南方逃亡，逃到了現在的福建漳州和泉州，以及廣東潮州。其後裔輾轉移民來台，其中來自於漳泉的，稱為閩南人或河洛人，來自於潮州的稱為客家人。加上台灣島上原住民（具有馬來血統的真正台灣人），以及後來遷移到台灣的外省人，共同組成了島上現今的居民。

作為一個文史學者，柏老秉春秋之筆，無懼於拂逆任何人，直言：「我們會走向本土化，但沒有辦法脫離中原文化，因為本土文化就是中原文化！」「歷史，你可以用各種方式解讀，但是你不可以，也沒有能力磨滅。」讀到這些擲地有聲的耿耿忠言，那些在「去中國化議題」的論戰中，為了政治利益不惜踐踏自己的血脈根源，以及根本就不去探究何謂「河洛」、「本土」的盲從者，不知會不會有一點當頭棒喝的醒悟！

台灣顯然生病了，作為一個有著仁心仁術的「良醫」，柏老指出，我們的病根就在「中華文化先天的缺少民主、人權、法治思想，令人焦慮。如果再檢驗出來缺乏理性，那就實在使人加倍焦慮。」然而，他並不悲觀，對症下藥，開出了標、本兼治的藥方。除了更深的自省和自覺外，柏老呼籲國人說：「中華人必須克制情緒性的歇斯底里，而另行建立一種理性文化：個人的尊嚴、對人的尊重、誠信的能力、包容的氣度——在這四根巨柱上建立平台！」我們深知，前述理性文化的建立，當然不是一蹴可幾，但只要這種價值觀能逐漸深入人心，蔚成公民意識，台灣就有希望，就算有了進步的開始！

柏老在書中提到來自塞爾維亞的南斯拉夫籍漢學家普舍奇（Radosav Pusic）曾對他說：「人生好像是在和死神下棋，你明知非輸不可，但是你還是用心地下。偶爾一個精彩的棋步，自己就很高興。」一語點出了知識分子不計成敗、至死不悔的執著。

此書也再次展現柏老的凜然風骨與人生信念，高山仰止之餘，總覺得柏老一生追求民主與人權的奮鬥，直如夸父追日，何其悲壯！

如今，棋局已殘，哲人遠去，我們心中卻有著無限的哀思與不捨。

漢學家普舍奇（Radosav Pusic）曾說：「人生好像是在和死神下棋，你明知非輸不可，但是你還是用心地下。偶爾一個精彩的棋步，自己就很高興。」（詹顏攝影）

當你我步入「人間萬事消磨盡」的人生階段，
縱使無法學得蘇東坡那種
「回首向來蕭瑟處，也無風雨也無晴」的淡定及從容，
至少，
若能醒悟自己在風風雨雨、跌宕起伏的這一生中，
也曾有過「只有清香似舊時」的美好歲月，
又怎能不懷有幾分惜緣、惜福、感恩之心？

人間萬事消磨盡

近來，連續在「臉書」上拜讀到多篇悼念長輩或師友的文字，作者娓娓道來的悲歡過往，無不真情畢露，感人肺腑，雖說自己算不上是多愁善感之輩，亦不禁想起盛唐大詩人孟浩然的千古名句「人事有代謝，往來成古今」，而對人生的緣起緣滅、聚散無常，頓起共鳴之心！

此外，令我唏噓不已的是，日前台北「聞名畫廊」女主人在電話中跟我提到，過去畫廊的常客黃天才先生，已於年初以高齡悄然辭世。人盡皆知，黃氏是新聞界備受推崇的老前輩，擔任過《中央日報》駐日特派員近三十年，回台後出任該報社長、中央通訊社董事長等要職。

尤值一提的是，黃氏雅好中國書畫，收藏豐富，與「渡海三家」之一的張大千先生過從甚密，不少流傳於坊間的大師逸聞趣事，都是出自於其第一手的資料。筆者個人在「聞名畫廊」數度與他不期而遇，品茗歡談，很是快慰，而且為示親切與尊敬，我也追隨眾人，當面及背後一直稱呼他為「天公」。

儘管我與天公皆是文物的愛好者，但我卻無緣向其多所請益，唯獨有一次在《中央日報》副刊主編詩人梅新的邀約下，竟得與天公以及名作家郭良蕙女士，三人於一家布置極為典雅清幽的茶藝館座談，各人以業餘收藏者的身分，分享以往尋寶的心得與趣事，經報社記者在旁聽錄後，連續兩天，以顯著篇幅發表於副刊版面，並搭配刊出一張三人座談的實況照片。彼時我正擔任新聞局國際處副處長一職，報紙披露之後，內心還忐忑不安了好一陣子，深怕長官怪我出此與公務完全無關的風頭。

這篇座談紀實，標題下得堪稱醒目，頗能吸引讀者一窺究竟。大大的字體，寫的是「人間萬事消磨盡，唯有清香似舊時」，念及編者能在南宋大詩人陸游傳世的九千三百餘首詩作中，挑出這兩句來勾勒報導的內容，實不得不佩服主事者的專業與用心。

不消說，你我年輕時，必然接觸過一些陸放翁的詩詞名篇，至少人們琅琅上口的「山重水複疑無路，柳暗花明又一村」、「零落成泥碾作塵，只有香如故」、「紙上得

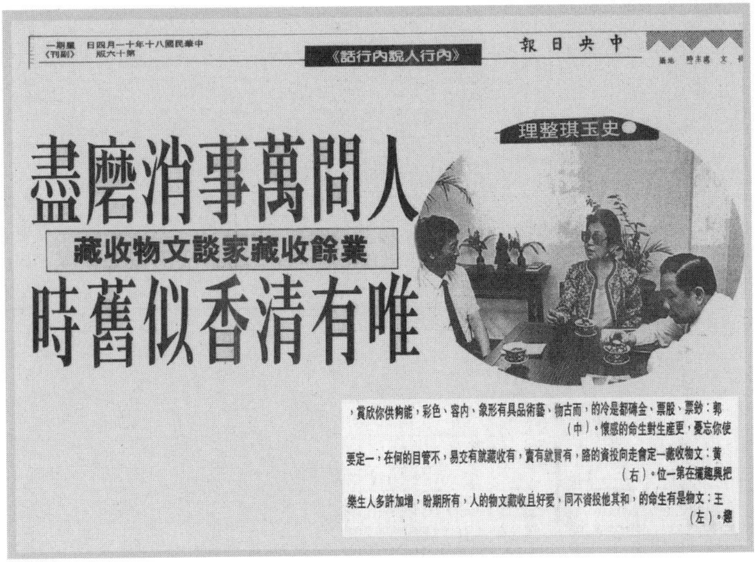

中央日報

《內行人說內行話》

中華民國八十年十一月四日 星期一
第十六版 《副刊》

●史玉琪整理

人間萬事消磨盡
業餘收藏家談文物收藏
唯有清香似舊時

郭：鈔票、股票、金磚都是冷的，而古物、藝術品具有形象、內容、色彩，能夠供你欣賞，使你忘憂，更產生對生命的感懷。（中）

黃：文物收藏一定會走向投資的路，有買就有賣，有收藏就有交易，不管目的何在，一定要把興趣擺在第一位。（右）

王：文物是有生命的，和其他投資不同，愛好且收藏文物的人，有所期盼，增加許多人生樂趣。（左）

黃天才、郭良蕙、王壽來（照片中右起）曾受梅新之邀，座談文物收藏，刊於一九九一年十一月四日《中央日報》副刊。

來終覺淺，絕知此事要躬行」等，一定也耳熟能詳。

不過，當人們上了年紀，再讀到陸氏六十三歲時所寫的「少日曾題菊枕詩，蠹編殘稿鎖蛛絲，人間萬事消磨盡，只有清香似舊時」，個人內心深處，會不會更有所感呢？（講到此處，或許你已注意到，「中副」文章標題更動了一詞，也就是把「只有」，改成了「唯有」。）

對我而言，在斑駁的流年裡，那場詩人梅新出面主持的座談會，雖已離我遠去，但自己保存在書櫃

「人事有代謝，往來成古今」，而對人生的緣起緣滅、聚散無常，頓起共鳴之心。（王蘭兮攝影）

裡的泛黃剪報，仍不時喚我回首那段意氣風發的韶華。猶記，在我外派美西舊金山工作之後，與天公固無緣再次聚會請益，然而梅新兄卻不時跟我電話聯繫，囑我務必撥空為「中副」撰稿。

在「遠流」為筆者所出版的散文集《生命的支點》中，收有一篇題為〈長河落日圓〉的遊記，文裡有那麼一段，記述了我如何回應梅新兄之盛情。現照錄如下，聊供參考而已：

二十多年前，筆者時任駐美新聞單位主管，某日黃昏時分，與友人在海邊小聚，遠望海平線處一輪火球載浮載沉，行將滅頂，而其餘暉燦爛四射，有若觀音伸展千臂。一時之間，諸多往事湧上心頭，我心頓如落日，悵然若失。過後不久，思及此情此景，寫下一首小詩〈觸礁的日頭〉，發表於《中央日報》副刊。後來女詩人張香華，亦曾在其主持的廣播節目中，為聽眾介紹。詩文如下：

終將沉淪，
縱有萬般不捨，
這一把橫遭冰鎮的熱情，
那堪連番撲來的冷漠；
就像觸礁的日頭，
遠遠海天纏綿處，
悸動著它漲紅掙扎的臉盤，
雖已伸出千臂千手，
竟都擋不住註定的墮落。

說實在的，這一生在國內外各地觀賞夕陽西下的美景，無可勝數，然而，唯獨那一回感觸最深，當下連想到的是：曾經誓言不變的感情，終究永難挽回，而人生諸多美好的過往，也都一去不返！

儘管前文有如斯感慨，然而，當你我步入「人間萬事消磨盡」的人生階段，縱使無法學得蘇東坡那種「回首向來蕭瑟處，也無風雨也無晴」的淡定及從容，至少，若能醒悟自己在風風雨雨、跌宕起伏的這一生中，也曾有過「只有清香似舊時」的美好歲月，又怎能不懷有幾分惜緣、惜福、感恩之心？

我早晨上班的頭一樁事，即是撥電話向孟公報到。

線接通，不等他開口，我就會搶先喊道：

「孟公，我是壽來，又給您送『壽』來了！」

他一聽我這樣高聲嚷嚷，就會樂得開懷大笑說：

「謝謝！謝謝！」

依然一寸結千思

——永懷國之大老蔡孟堅先生

歐教授豪年先生急電告我「孟公已在日前辭世」，放下話筒後，一時心緒大亂，手足無措，整個下午都難過得看不下一件公文，腦海中不斷迴盪著數月前孟公以瘖啞無力的聲音在電話那端殷殷囑咐：「你有空一定要早一點回舊金山來看我啊，來晚了，恐怕就再也見不到面了！」言猶在耳，而竟一語成讖！

回憶九年多前，我初抵舊金山履任，就聞孟公卜居南灣，雖說與其素昧平生，但因我一直是《傳記文學》月刊的忠實讀者，孟公在該刊發表的一系列擲地有聲之作，拜讀泰半，對其所披露的諸多第一手珍貴史料，以及他一生追隨蔣公卻不願折腰於政治權勢的凜然風骨，仰之彌高，由衷敬佩。

是這樣一種「讀者與作者」的關係與緣分，把我跟孟公之間的距離不斷地拉近，就連我自己也暗暗驚詫，竟能無視於所謂的「代溝」，跟一位年長我四五十歲的老人家，建立了一種亦師亦友的深厚交誼。

記得有一次，我在舊金山辦公室接到孟公的電話，他傷心地說，不小心得了重感冒，連日病倒在床，下地都很困難，這一回恐怕過不了關。我見他出言不祥，趕忙安慰道：「孟公，您千萬不要胡思亂想，您現在是跟壽來說話，我是專門給您送『壽』來的人啊！」

此後一連好幾天，我早晨上班的頭一樁事，即是撥電話向孟公報到。線接通，不等他開口，我就會搶先喊道：「孟公，我是壽來，又給您送『壽』來了！」

他一聽我這樣高聲嚷嚷，就會樂得開懷大笑說：「謝謝！謝謝！」我童心未泯，老人家亦有赤子之心，這是忘年之交得以發展的基礎。

說來也很奇妙，我跟孟公交誼的進一步突破，並不是發生於我派駐灣區工作期間，而是在一九九六年歲末我回國出任新聞局國際處處長之後。其間孟公偕夫人一共回過台北兩次，兩次我都安排了車輛去機場接送。

他在台北的老友多，應酬不完，但我做小東時，他卻婉謝了實力派高層的邀宴，寧願與我相聚，由此亦可看出他對晚輩的厚愛，以及個性中反勢利的真性情，而這恐怕也是在現今政治人物身上所最難見到的人格特質。

孟公以九十多歲的高齡，仍然願意搭機忍受十數小時的長途飛行返台，我好奇地問他原因，他答說：「沒有什麼，我回來主要是看看老朋友，我很想念他們啊！能多看一次也就是一次！」他對朋友的重視，由此可見一斑。

孟公雖早已遠離台北詭譎多變的政治圈，但他對國內的情況，特別是政局方面的發展，一直是瞭若指掌。古人說：「晚年唯好靜，萬事不關心」，而他以風燭殘年之身，卻仍時時刻刻以國是為念，經常打越洋電話給我，不僅對最新政情垂詢甚詳，也不時提出他個人精闢的看法與研判，印證於諸多事情後續的發展（包括對二〇〇〇年總統大選結果的預測），何嘗不是百發百中，料事如神！

前年孟公最後一次「歸鄉」，我在中正機場迎他、送他。當我伴隨著端坐在輪椅上的老人家等行李時，他偷偷塞給我一枚金質錢幣，並低聲囑咐：「你好好收著，算是我們相識一場的紀念！」當時我緊緊握著孟公的手，感動得紅了雙眼。

此時摩挲著這枚彌足珍貴的錢幣，猛然想起前人的詩句：「人事易遷心事在，依然一寸結千思」，心中的悵惘與不捨，無以名之！

在她中風之前，不管工作多忙，我天天都會在下班後先開車回台北牯嶺街老家，瞧瞧她有沒有什麼吩咐，有時，趁其不備，我還會雙手環抱其腰，把她整個人輕輕舉起，使其身軀離地二三十公分，不用說，每回她都是又笑又罵地急急叫我馬上把她放下，她深怕我這個年過半百的「老萊子」一個不留神，自身摔倒不說，還會連累她一起跟著遭殃。

那句「喔開哩哪賽」

母親，是小朋友唇邊與心中上帝的名字。

——英國小說家薩克雷

高中時即已訂交的老友阿宏來電話說，其母纏綿病榻數年，不幸於日前過世，希望我務必抽空參加老人家的告別式。阿宏鄭重其事地說：「在我所有的同學裡，家母對你最有印象，常常問起你的近況，若是你能來跟她道別，她一定很高興！」

阿宏是家中的獨子，也是人盡皆知的孝子，他仰體母親生平勤儉持家的美德，把老人家的後事辦得簡樸隆重。我原本以為，屆時只是抱持哀戚肅穆之心，到場行禮如儀罷了，沒料到阿宏另有安排，讓我跟另兩位當年的建中同班同學如森與康馨在公祭之始，獻唱那首歌頌母愛的千古絕唱〈遊子吟〉。三個年逾中年的男人臨場受命，趕緊惡補，只壓低嗓門兒跟一位彈電子琴的女樂手練不過五分鐘，就輪到我們抓起麥克風匆匆上陣。

我們沒受過什麼合唱或那卡西的訓練，不過，也許是唱得認真，一曲未畢，已聞座中一片唏噓之聲，當唱到「誰言寸草心，報得三春暉」時，想到自己一生勞瘁、年邁多病的母親甫於年前走完其茹苦含辛的一生，心中真是百感交集，不禁鼻酸眼紅，熱淚在眼眶裡打轉。

儘管三人組表現得還算差強人意，但告別式中最令人動容的，乃是阿宏讀大學的么女郁晨為祖母朗誦的追悼文。小女生略帶沙啞、斷續、如泣如訴的聲音，直叩人心，把感傷的氣氛推到了最高點。郁晨在文中特別提到，以前每當她放學回家，只要說一聲「塔答一馬」（日語「我回來了」），祖母聽見，就會以一句「喔開哩哪賽」，來歡迎她的歸來，讓她天天都能感受到家的溫暖，也讓她在記憶裡留下最深刻、最溫馨的一頁。

阿宏的母親走過日據時代，日語可說就是其母語，她講日語比講國語要溜，當然這

所謂母親，乃是上帝派來照顧孩童的天使。（莊翔筑攝影）

也是老一輩省籍同胞共同的語言特色。年輕時，我曾到補習班學過一陣子日語，有時到阿宏家作客，聽其母親用流利的日語與人交談，感到既新奇又親切，很羨慕阿宏能擁有一位免費的日語家教。

他母親口中的日語「喔開哩哪賽」，意為「你回來啦」，這是祖孫間生活的對話，也是兩人間心意相通的密語。就我而言，我跟自己母親之間也有一般人很難想像的「肢體語言」。在她中風之前，不管工作多忙，我天天都會在下班後先開車回台北牯嶺街老家，瞧瞧她有沒有什麼吩咐，有時，趁其不備，我還會雙手環抱其腰，把她整個人輕輕舉起，使其身軀離地二三十公分，不用說，每回她都是又笑又罵地急急叫我馬上把她放下，她深怕我這個年過半百的「老萊子」一個不留神，自身摔倒不說，還會連累她一起跟著遭殃。

三年前她突然中風，病倒之後，進出醫院變成家常便飯，而不管是到家裡或是到醫院看她，在道別時，我總喜歡問她可不可以跟她來個「碰碰頭」，往往也不管她有無回應，我都會額頭對額頭的輕輕碰觸她幾下，邊碰我還會邊數著「一、二、三、四、五」，每一次如此逗她，她似乎都沒什麼特殊表情，但每每都會讓長期照顧她的越傭笑逐顏開，感到十分欣慰。

母親敵不過病魔的糾纏，最後還是走了，如今雖然我已跨越喪母之痛，而隨著時間的推移，我對她的懷念卻與日俱增。將心比心，對阿宏的母喪，我頗能感同身受，而這也是為什麼我十分樂意參加此次告別式的原因。

前些日子讀到一則強調母愛偉大的英文小故事，寓意深刻，其大意約略如下：

一個嬰兒憂心忡忡地問上帝：「別人告訴我，你明天就會把我送去人間，可是，我這樣弱小、無助，在那兒我如何能活下去？」「別擔心，你的守護天使會在那兒等你、照顧你！」上帝說。嬰兒聽後，仍不放心，又連續問了一些問題，包括：到達人間後誰會為他唱歌、誰會對他微笑、誰會教他講話、誰來教他祈禱、誰來保護他。上帝的答案只有一個，就是「天使」。在嬰兒即將下凡時，他又趕緊追問了上帝最後一個問題；「請告訴我天使的大名是什麼？」上帝回說：「你叫她媽媽好了！」

照此說來，所謂母親，乃是上帝派來照顧孩童的天使，無怪乎以小說《浮華世界》揚名於世的英國文學家薩克雷（William Makepeace Thackeray）要說：「母親，是小朋友唇邊與心中上帝的名字。」（Mother is the name for God in the lips and hearts of little children.）

走筆至此，猛然醒覺母親已遠行多時，從今以後，自己再也無老家可歸，進而聯想起週前阿宏女兒在喪禮中誦讀追悼文的情形，那一句阿宏母親常掛在嘴邊的「喔開哩哪賽」，有若隱隱的山谷回聲，不停地迴盪在耳際……

輯三

永遠的〈翼下之風〉

傅作義守北平時受女兒傅冬菊的影響，
被勸降成功，而家父卻戰鬥到底，
對銜共軍總指揮徐向前之命，
亦來勸降的女兒王瑞書說：
「你革你的命，我盡我的忠」，
單從此語，已可看出他誓死奮戰的決心。

精神不死，國魂永彰

七十餘年後太原戰役指揮官王靖國將軍入祀忠烈祠

過往數十年來，每逢四月二十四日，作為太原保衛戰指揮官王靖國將軍後人的筆者，都不免有揪心之感，原因無他，就是七十二年前的這一天，被三十多萬共軍圍攻了半年之久的山西太原城，在彈盡援絕之下，被共軍攻陷，家父被俘不屈，受盡折磨，兩年多後病死於中共戰犯管理所中。

論戰爭規模，國共內戰中有三大戰役，分別為遼瀋戰役（五十二天結束）、徐蚌會戰（六十六天結束）、平津戰役（六十四天結束），太原戰役並不包括在內。然而，根據中國大陸二〇〇九年所攝製的紀錄片《決戰太原》報導，太原之役，是其所謂「解放戰爭」中，歷時最長（雙方激戰二百多天）、戰鬥最慘烈、付出代價最大的攻堅之戰。

家父在對日抗戰時，擔任第十三集團軍總司令，守太原時，出任第十兵團司令兼太

太原戰役指揮官王靖國將軍。

原守備司令。他與守北平的傅作義，皆出身於保定軍校第五期步兵科，兩人為結拜兄弟，交誼深厚。傅作義守北平時受女兒傅冬菊的影響，被勸降成功，而家父卻戰鬥到底，對銜共軍總指揮徐向前之命，亦來勸降的女兒王瑞書說：「你革你的命，我盡我的忠」，單從此語，已可看出他誓死奮戰的決心。

事實上，太原之役的慘烈，實非常人可以想像，大陸方面的文章中有這樣的描述：「太原牛駝寨之爭奪戰，激烈程度在整個解放戰爭中亦屬少見，以至焦土三尺，難以成壘，草木皆摧，樹無完株，戰士們只能用屍體堆積防禦工事。」此外，國府這方面的政治人物章士釗和邵力子兩人，在聯名寫給某當權人士的一封長信中，亦對此一戰役有如下之評價：「以致城破之日，屍與溝平，屋無完瓦」，其慘狀又何嘗不是可見一斑？

再如，筆者數年前讀到題名為〈將軍死戰哀太原——王靖國的最後一戰〉的長文，對太原之役的最後階段，有極為詳實的記述，在下載後，誠不知細讀過幾回，每次披閱，仍不禁紅了眼眶。

該文提到：「太原戰役後期，市內各醫院收容的傷員多達一萬五千人」，繼而寫有這樣一段讓我彷彿親臨現場，目睹風雨飄搖，敗局已定的文字：「憤怒的傷兵們上街遊行，他們沒有奔赴戰場，而是潮水般湧入王靖國的公館，用拳腳與拐杖發洩著內心的憤懣。很難想像，身心疲憊的王靖國從前線歸來之後，看到滿院的狼籍時，會是怎樣一種心情，沒有人懷疑他的忠誠與努力，但是，內外交困，大勢已去，回天無力，徒喚奈何？」

說來，令人甚感不平，長久以來，此間只知有李敖先生指為偽史的「太原五百完人」，卻幾乎絕口不提守城的十萬忠勇國軍，以及至死不降的守城最高軍事指揮官王靖

王靖國將軍入祀忠烈祠。

國將軍。年前，筆者發表了由我個人贊助，由台北市前文化局長謝小韞監製，名導演黃玉珊、陳堯興兩位電影人費時三年、聯合執導的紀錄片《故人故居故事，一代名將王靖國》。

不少朋友在觀看此片時無不動容不已，甚至熱淚盈眶。前國安會祕書長胡為真先生觀後致詞說：「所謂疾風知勁草，板蕩識忠臣，我們應把自己所知道的真實歷史還原出來，讓國人知道我們的先人是如何用其生命捍衛這個國家。」

很感謝現今政府能詳查史實後，讓家父入祀國民革命忠烈祠，我們的國家理應勇於面對歷史，還原歷史，接受歷史，讓公義得以彰顯，烈士得以安息！

這一頁可歌可泣、鮮為人知的悲壯歷史，
早已翻篇，被無情的歲月所湮滅。
所幸正義雖然遲到，但終究沒有缺席，
經筆者及各方有心人士的共同努力，
七十餘年後的今天，
政府終於讓成仁取義的家父，入祀國民革命忠烈祠，
總算是正式還給了他一個公道。

正義終究沒有缺席

筆者是在單親家庭中長大的，壯年時忙於為生活、為工作打拚，從未真正想過該為早已殉國的父親做些什麼，直到屆齡退休之後，才起心動念，要在自己生命的棋局未殘之前，為一生戎馬、征戰無回的先父討回一點公道。

若襁褓時期不計的話，筆者這一生從未真正見過父親的面，緣由無他，就是當年家母帶兒女避難來台時，我也只不過是一兩歲大的孩子。雖說如此，我對父親的威儀倒是深印腦海，因為，家母把一張父親身著戎裝的泛黃巨幅照片，數十年來一直高掛在家中飯廳牆上，遂使我對老爸的容貌牢牢「停格」於此。

家父王靖國將軍，是古書上所說的「不思其父，無貌於心」的遺腹子，由寡母一手拉拔長大，因而母子感情極其深厚，即使父親在保定軍校畢業後，投身軍旅，戰功彪炳，一路晉升，做到師長、軍長、集團軍總司令，回家面對母親時，永遠是和顏悅色，百依百順，鄉里傳為美談，儼然成為地方上有名的孝子。

在個人成長的過程中，我對父親一生行誼的瞭解，全來自家母的唸叨，即使同一版本的陳年往事，早已耳熟能詳，但每一回母親「開講」，我依然聽得津津有味。這些來自於一個離亂時代軍人家庭的「媽媽經」，固然無關乎國家大事，卻很能彰顯父親的為人處世之道。

例如，父親出生於一個堪稱是窮鄉僻壤的農村，而他很有飲水思源的觀念，在他事業有成之後，非僅回饋故里不遺餘力，而且只要是鄉親找上門求助，不論親疏遠近，識與不識，他無不是熱情以待，有求必應。無怪乎母親在手頭窘迫的時候，每每感嘆道：「你父親以前出手太大了，否則我們一家子到台灣後，不至於全無家底，過得如此清苦！」

說起來，那個時代我們的父執輩，身處國難當頭的年月，國家民族意識格外強烈不說，那種愛鄉愛土的情懷，也深植內心，對此，多年前，我偕內人曾遠赴中國大陸從事尋根之旅，在走訪家父的出生地山西五台縣新河村時，亦得到了若干令人感慨繫之的印證。

猶記，一行人坐飛機抵達省會太原市後，盤桓數日，先是參訪了坐落於該市西華門六號，現已被指定為「重點文物保護單位」的家父故居「王公館」，又去了位於定襄縣河邊村的閻錫山莊園，之後才驅車尋尋覓覓，費了好一番手腳，找到了只有百來戶人家的偏鄉新河村。

經熱心村民的帶領，終於看到父親祖宅的真實面貌，只見高牆已然斑剝不堪，院子內的房舍也已坍塌荒廢，不過，門楣上「和致祥」三個大字，雖見歲月刻劃過的滄桑，外觀依然氣派醒目，頗能顯示原屋主不凡的襟懷。

人們踏入這樣一個不起眼的荒村，不難感知家父出身何等寒微，而後來他能力爭上游，成為一代名將，不就是古詩句「將相本無種，男兒當自強」的明證？而尤值一提的是，新河村裡至今仍保留著兩塊年深日久留下的刻石，其上分別記載著家父捐錢設立小學，以及斥資修建河堤的始末，由此亦可見出他是一個心存感恩、未曾忘本之人。

前述父親的義舉，新河村的老輩們無不記憶猶新，其中一名長者還特地跑回住家，取來一方珍藏了一輩子的銅製墨盒，讓眾人輪流傳觀，並解釋說那是當年家父回鄉來校

山西太原王靖國將軍故居「王公館」正門。

山西太原「王公館」內木製對聯：「從文尊孔盡忠盡孝，習武奉關守義守節」，概括了王靖國將軍的一生。

山西五台新河村王靖國將軍老家門楣。

新河村民拿著王靖國將軍送的墨盒。

訪視時，送給每一位小學生的紀念品。

當我小心翼翼地接過此一墨盒，瞧見盒蓋上鐫刻著「苦學救國」四字，頓時紅了眼眶，所感受到的，不僅是父親的遺澤，還有就是他對國家局勢的深沉憂慮，以及對下一代的殷切期許。

仔細想來，父親此種飲水思源的人生觀，著實貫穿了他一生的行事，最明顯不過的例子即為，民國三十四年對日抗戰勝利後，蔣委員長擬調家父出任河南省主席時，曾指

王靖國將軍（前排左一）與蔣公伉儷合影。此為作者母親所珍藏的舊照。

派胡宗南將軍攜其親筆信至其駐地密商，本應欣然接受該項重任的家父，因慮及過往提攜自身最力的長官是閻錫山先生，就在請示閻氏意向後，婉謝了層峰的美意，而此舉也決定了他人生最後的結局。

只因閻氏一言，即放棄更上層樓的高位，這是父親對有知遇之恩者的義氣，而在一九四九年國共內戰的最後階段，家父擔任第十兵團司令兼太原守備司令，率領十萬英勇國軍死守太原孤城六個多月，奮勇抵抗三十多萬共軍的圍攻，直到彈盡援絕，城破被俘，最後病死獄中，這不啻是他求仁得仁，對國家的忠誠！

這一頁可歌可泣、鮮為人知的悲壯歷史，早已翻篇，被無情的歲月所湮滅。所幸正義雖然遲到，但終究沒有缺席，經筆者及各方有心人士的共同努力，七十餘年後的今天，政府終於讓成仁取義的家父，入祀國民革命忠烈祠，總算是正式還給了他一個公道。

月前，以家屬身分出席了入祀儀式的筆者，心頭百感交集，自不在話下，當下腦海中猛然間飄過了南宋詩人陸游的名句：「王師北定中原日，家祭毋忘告乃翁」，就我而言，今年清明期間上山祭拜謝世多年的家母時，不消說，我一定要向她稟報此一告慰慈心的佳音！

我這一生可以說從未見過父親的面。
我所看到的他，是照片中的他，
我所知道的他，僅僅是別人口中的他。
在旁人看來，似乎父親對我根本沒有一點影響，
而實則不然，
父親的為人處世，思想言行，
隨著我對他瞭解的增加，在在感召著我。

父親與我

我這一生沒有見過父親
但他是我心中的一片天

我跟二哥是孿生兄弟，出生時父親正在前線督戰，要不是當地的廣播電台多事，把這事當成了一樁新聞，父親短時間內恐怕還不會曉得家中此一喜事。

三個月後父親從前方回來，專程看他尚未謀面的雙胞胎兒子，這才從母親那裡知道，差一點就見不著我了。原來我生下來時體溫就不夠，一副氣息奄奄的樣子，竟連醫生也說祇有盡人事看看了。她和奶媽兩人輪流把我抱在懷中三天三夜，好不容易才使我的體溫恢復到正常，保住了小命。

當時，父親見母親很是憂心忡忡的樣子，沉吟了一下，就安慰母親說：「所謂柔弱勝剛強，倒不見得這孩子的命就短，不過你既然不安心，我們不如就給他取個吉祥一點的名字，望他長命百歲。」說著父親又起了微喟：「唉！可憐這對娃兒，不巧是生在兵荒馬亂的日子，年頭不對，要不然真該為他們好好擺上幾桌，熱鬧一下。」

這是父親第一次見到我的大致情形，才三個月大的我，自不可能留下任何的記憶。從母親口中得知，那次父親在家祇盤桓了兩日，就匆匆趕回前方去了。隨後，戰況起了急遽變化，局勢江河日下，逐漸緊張，人心惶惶，謠言滿天。

一天深夜，父親突然回到家中，跟母親講了一宿的話，力勸她先帶著我們五個孩子隨著其他人士的家眷逃難。母親起初堅持不肯，她紅著眼，哽咽著說：「你最好別逼我走！要死大家就死在一塊兒好了！」

就這樣，任憑父親講得舌敝唇焦，依然無法改變母親的初衷。最後他抱起正熟睡的我，悽然的說：「這都是命！還是依我的算了，不管怎麼說，我們總要為孩子們想想。至於往後的生活問題，我盤算你那點積蓄，大概還夠你們省吃儉用的活三年五載，過後，萬一這時局還沒有個了斷，恐怕我也就管不著你們了。」母親終於咬著牙，點了點頭，眼淚撲簌簌地落了下來。

第二天，大清早父親就走了，從此永別了他的妻兒子女。這是他第二次，也是最後一次見到我。

母親帶著我們姊弟五人，吃盡千辛萬苦，輾轉來到了台灣，生活一直過得很清苦，但在我記憶中，小時候，我從不覺得我們這個家缺少什麼。對我而言，父親這兩個字，祇是一個不常用的名詞，一個虛幻的影子。

我是家中的老么，身子骨又最單薄，所以從小就受母親寵愛，二姊及大哥、二哥因此也不太敢招惹我，唯獨抱著「長姊代父」想法的大姊，對我管教甚嚴。不滿六歲，我已讀過《三字經》、《百家姓》、《論語》、《孟子》、唐宋詩詞，以及若干著名的古文。總之，祇要是她認為不錯的詩文，就一定令我背誦，每日都有進度，吃晚飯前她總要考考我，如果背不出來或不夠流利，她就不准我上桌吃飯。

母親不忍心，每過來講情，而大姊有時並不通融，記得，有一次她指著我的鼻子吼道：「你別看人家！人家有父親，有靠山，我們家可沒有父親，過的是坐吃山空的生活，你不趁年紀還小，打點底子，將來憑什麼出人頭地？再說，你們是男孩子，是要支撐門戶的，這個家遲早就要指望你們了！」說完她哭了，母親哭了，我也哭了。當時我祇是覺得自己好倒楣，怎麼沒有個父親就非得背書不可？

入小學以後，我的國文程度很令老師們吃驚，其實這也是預料中事，當同班同學還在朗誦兒歌一類的東西時，我已將〈琵琶行〉、〈長恨歌〉、〈出師表〉、〈赤壁賦〉等詩文背得滾瓜爛熟了。而學校得意，家中得寵的結果，卻使得不知天高地厚的我，變得驕傲任性起來，甚至有時連母親的話，我都覺得有點迂闊。

是小學六年級那年罷，一天，我跟母親頂了幾句嘴，害她傷心了老半天。過後，她很感慨地說：「我看我是白疼了你一場囉！你老子指揮過千軍萬馬，在外頭做那麼大的事，但一回到家中，對你祖母可是恭恭敬敬的，從未見過他編派半句老人家的不是。有時，老人家訓兒子，嘮嘮叨叨的一講就沒個完，你老子哪一回不是和顏悅色地聽著，大氣也不敢吭一聲，哪像你，動不動就噘嘴變臉的，沒有一點兒規矩！」

後來我才知道，父親在當時是遠近馳名的孝子，他常常跟母親提道：「老太太不到三十歲，就為我守了寡，年輕時很跟我吃了些苦。現在遇上不稱心順意的事，說我幾句，消消氣，也是應該的！」

原來我祖父英年早逝，家中祇剩下祖母與我父親，母子守著幾分薄田，相依為命。後來祖母為了籌錢供給父親上外地讀書，一發狠就把田產變賣了，出售前親友紛紛跑來勸阻，說什麼這是賴以養命活口的本錢，千萬不能隨便賣掉等語。

別瞧我祖母是個沒念過書的婦道人家，倒很有點見識，她力排眾議道：「田是死的，人是活的，祇要我兒子肯爭氣，有出息，將來要是發達了，有多少田地我不能叫他給我買回來？話又說回來了，萬一他要是個不成材的東西呢，大夥兒也用不著為我操心，我是不會一輩子守這個沒指望的寡的！」

父親後來畢竟是沒有教肯為他孤注一擲的寡母失望，事實上，他所成就的事業，是祖母一生作夢也想不到的。所謂「將相本無種，男兒當自強」，父親可說是這句千古名言的最佳寫照。

或許是受家世的影響，上高中以後，我對軍人的生活頗多憧憬。有一次，跟母親說笑，談到當軍人的際遇，我說：「可惜爸是不在了，否則我要是在他部隊裡當兵，還怕不能少年得志，步步高陞嗎？」

母親聽我如此講，當下收起了笑容，正色地說：「那你就是不瞭解他的脾氣了，

或許是受家世的影響，作者上高中以後，曾對軍人的生活頗多憧憬。圖為作者在金門服役時的照片。

果真你要是成了他的部下，恐怕升遷的機會比誰都小，上前線的機會比任何人都來得大。」

接著母親講了一個故事給我聽，她說，我父親有一個表弟，抗戰時在某個師裡當團長，有一天父親接到那個師師長的電話，對方除了報告戰況外，並且很婉轉地暗示父親那個表弟膽小，不敢身先士卒，把指揮所設在第一線。父親聽後，大為光火，他毫不徇私地說：「你去告訴他，要當軍人就別怕死！他要是再有臨陣不敢把部隊往上帶的紀錄，就別怪我六親不認！」

父親治軍很嚴，公私分明，回家後絕口不談公事。前述故事，還是父親的參謀長無意中透露給母親的。

父親的故舊部屬來台的不少，可是那些年裡，大家都過得很緊，自顧尚且不暇，何來餘力援手別人？惟當中有兩位我們稱楊叔叔及盧伯伯的，對我們家的照顧，真可謂不遺餘力。

我母親是個堅守原則的人，哪怕是過到家無隔宿之糧的地步，她從未開口向人求助，總是設法典當變賣一點她從大陸帶來的手飾，勉強支撐。儘管如此，一個沒有男主人的家，難免有其不方便的地方，遇上需要交涉或跑外的事，母親就常麻煩楊叔叔及盧伯伯，而他們從不推拒，亦不求任何回報，好像這是他們份內之事的樣子。母親為此耿耿於懷，直到今天還常說，我們家欠他們兩人的恩情，是一輩子還不清的。

楊叔叔曾經講過一段親身經歷的事，令我對父親的為人有更深一層的認識。

那年楊叔叔剛從軍校出來，雄心萬丈，滿腹理想，入部隊不久，就晉升成連長。他整日以軍當家，將全副精力擺在帶兵上頭。每月關了餉，自己捨不得用，卻都花在弟兄們身上。有一次軍紀比賽，他滿以為自己這連一定名列前茅，發表成績後，沒想到竟拿了個倒數第一，一氣之下，他就告病回家。雖然那時他的階級不高，但不知怎麼傳的，這件事還是讓父親知道了。

一天傍晚，父親輕車簡從地去探望他，照理說，高級長官造訪，說什麼也該到客廳迎接，但他偏偏賭氣，高臥在床。父親亦不以為意，就直接進入內室探病，而楊叔非但不坐起招呼，反在床頭擺了幾本禁書，故意讓父親看到。父親深知年輕人心性，並未出言加責，祇在臨別時，溫和勸慰道：「生病時要好好靜養，不宜看這類書。」過後沒幾天，楊叔叔就接到人事令，調他到司令部服務。

楊叔叔說，在當時一個軍官看那些書，如要認真追究起來，則一生的前途將為之斷送，而父親洞悉年輕人遭受委屈後的心態，在他灰心喪志之時，親臨探望，藹言相慰，繼之予以調整職務，終使他重新肯定了人生的價值與方向。說來是父親寬厚待人之處，卻也就是他帶兵所以成功的重要因素之一。

大四那年，我從一本雜誌中讀到有關記載父親打最後一役的文章。至今每一憶及該文內容，壯烈之心，猶為之悸動飛揚不已。

大陸撤守前夕，父親率部死守某城，連數月餘，共軍致函勸降，曉以大勢已去，宜識時務。父親不為所動，覆以：「今生今世不知投降兩字為何物，如今除決一死戰外，不復計其他。」

父親身為軍人，征戰無回，馬革裹屍，本是其應盡之天職，求仁得仁，應無所怨。祇是身為人子的，私心難泯，總為其遭遇抱恨遺憾不已。

如果襁褓之期不算的話，我這一生可以說從未見過父親的面。我所看到的他，是照片中的他，我所知道的他，僅僅是別人口中的他。在旁人看來，似乎父親對我根本沒有一點影響，而實則不然，父親的為人處世，思想言行，隨著我對他瞭解的增加，在在感召著我。在小時候，父親對我充其量祇不過是一個虛幻的影子，而如今，這個影子已變得清楚逼真起來，有時，闔上眼，甚至我都可以想像出父親言談謦欬的種種情景。

在物質方面，父親固然沒有能留給我們什麼，但在精神方面，他所留下來的，卻足夠我們受用一輩子的了。我們以能做他的兒女為榮，今生、來世，都一樣！

附記：此文是我早年之作，獲得《中央日報》副刊主編孫如陵先生的青睞，刊載於該刊最醒目的中央位置。彼時，國內政治氣氛仍然敏感，為避免不必要的困擾，文中並未提及先嚴王靖國將軍的名諱。

小時候，父親對我充其量祇不過是一個虛幻的影子，而如今，這個影子已變得清楚逼真起來。（詹顏攝影）

閻先生對家父有知遇之恩，
家父因而聽其命，死守山西太原到最後，
成為國共內戰中最慘烈的一役，
而我被家父的舊屬楊叔推薦出任紀念會理事長，
要不是恰好自己在中央負責文資業務，
又哪裡懂得何謂古蹟、歷史建築什麼的，
因緣際會，最後終能為閻公故居與墓園的長久之計，
盡了棉薄之力。

與閻錫山故居結緣的故事

日前，應台北市文化局之邀，專程上陽明山，出席了閻錫山先生故居修復完成後的啟用儀式，原本慮及近來疫情嚴重，不少防疫專家都一再勸導民眾以不出門為上策，惟轉念想到，閻氏故居當年之所以能被指定為市定古蹟，跟冥冥之中，自己與此一老宅的特殊緣分不無關係，如今，若因故不去躬逢其盛，心中終不免有一種為德不卒之感！

提起「緣分」一詞，一般人在意氣風發的年輕歲月，即使讀到什麼「短短今生一面遇，前世多少香火緣」一類的話，也很難真實領略箇中的哲理，對此筆者也未能免俗，不過，直至自己穿越了人生大半輩子，歷經高山低谷的人世滄桑，看盡世間的悲歡離合之後，逐漸就有另一番體悟了。

話說二〇〇三年的某天上午，筆者正在辦公室批閱公文，突然接到父執輩的楊玉振

提起「緣分」一詞，作者在歷經高山低谷的人世滄桑，看盡世間的悲歡離合之後，逐漸就有另一番體悟了。（莊翔筑攝影）

叔叔的電話。高齡九十四歲的楊叔，曾是先父王靖國將軍的舊屬，後又追隨閻錫山院長工作。一九四九年歲末政府遷台，閻氏退隱山林，楊叔亦不棄不離，隨侍左右，在山上種菜養雞，過著極其清貧的生活。

閻先生一九六〇年辭世後，包括楊叔在內的身邊部屬，籌組了社團組織「台北市閻伯川先生紀念會」，負責整理及編印其著作、管理維護舊居、舉辦相關紀念活動等。那日，楊叔以長輩的身分打電話給我時，已說明他是紀念會的現任理事長，囑我務必參加次日中午的一個同鄉餐會。

講起來，楊叔可是我們家的恩人。簡言之，家父出身於保定軍校第五期，在國共內戰的最後階段，擔任第十兵團司令兼太原守備司令，率領十萬國軍死守孤城六個多月，直到彈盡援絕，城破被俘，死於中共獄中。家母帶兒女避難輾轉來台，孤兒寡母艱苦度日，遇有需要對外交涉之事，就常央請義薄雲天的楊叔協助處理。

對楊叔的恩情，我一直知之甚詳，此刻接其來電，自是欣然赴約。翌日準時到場後，才發現在座的，全是擔任紀念會理監事的長輩。席間，楊叔笑呵呵地說道：「我年事已高，而壽來是咱們靖國將軍的後人，目前在中央文化部門當主管，就請他來接我的位子如何？」眾人以楊叔馬首是瞻，咸表贊同，我亦無從推託，只得從命。

那一年的十月八日，也就是閻院長冥誕當天上午，我追隨諸鄉賢去了陽明山參與祭拜。目睹多位風燭殘年的老人家，在兒孫的攙扶下，勉強拾級登抵墓園的情景，內心的感動真是無以名之！

念及閻氏去世已如此之久，而過去在他身邊服務的祕書、醫官、侍從、警衛等老部屬仍能忠心耿耿，不忘舊主，在現今世風日趨澆薄的社會中，此種情操何其難得，想來閻氏待人接物，乃至照顧屬下，必有其深得人心之處吧！

致祭結束，我又移步到咫尺之遙的閻氏故居「種能洞」，見證了此一仿中國北方窯洞形式所建的石造屋，主人縱已離去數十寒暑，眼前的空屋除卻牆面略顯斑剝陳舊外，仍大致維持了原貌，不消說，屋況之所以尚能差強人意，紀念會相關人士長年認真的照管，實在功不可沒。

儘管如此，一想到有「山西王」之稱的閻先生，可是民國以來叱吒風雲的政治要員，在一九四九年國共內戰的最後階段，他擔任行政院長兼國防部長，負責將中央政府播遷來台，晚年隱居山陬，著書立說，其棲身之所，無論從歷史的背景及建物的特色而言，實在有資格取得文化資產的身分。

基於這樣的考量，我就以紀念會理事長的名義，致函台北市文化局，建議將閻院長故居指定為市定古蹟，經過該局現勘與審議，在二〇〇四年獲得通過。事後，在一次到大陸的參訪途中，巧遇曾任台北市文資委員的辛晚教老師，我對他當年大力支持此案一事，表達了衷心的感謝之意。

閻氏故居的文資定位公告之後，我注意到古蹟的保存區域，並不包括那塊坐北朝南、圓塚方碑的閻氏墓園在內，有鑒於此，我又二度致函文化局，盼能再度啟動文資審議程序，將墓園一併納入古蹟範圍，復經審議通過，在二〇一〇年，墓園也同樣取得了市定古蹟的身分。

至此，此事本該算是告一段落，惟因當時我自己正負責全台的文資業務，一向主張古蹟的「保存修復」、「管理維護」、「活化再利用」三個塊面，可比喻成「等邊三角形」，應等量齊觀才對，而閻氏故居與墓園取得了文資身分，僅算是走出了第一步，後續要如何進行，非紀念會所能推動，因而又透過管道取得閻家旅居美國兩位公子的聯名信，內中陳明願將故居無條件捐給政府公用。

原以為順理成章，從此閻氏故居將轉變成公有資產，後續工作將由市府一肩扛起，紀念會則可功成身退，隱於幕後。然而，當文化局為此事召開協調會議時，市府相關部門卻提出了三大問題：紀念會拿不出建物權狀、長年欠稅、未能證明此為全部繼承人的共同意願。

幸好我久經公務歷練，乃能依法婉轉說明，例如：市府自身擁有的不動產中，亦有不少並無權狀，只列入財產清冊者，如今只是再多此一筆，何樂不為；若說一旦欠稅，就不行把房產捐贈給公家，此一見解恐怕於法無據；至於閻院長兩位在世的哲嗣，確實是目前所僅能聯繫到的閻氏後代，二人的親筆信意願清楚，並無疑慮。於是乎，經過這樣一番折衝後，擔任主席的文化局謝小韞局長發言表示，既然市府各相關單位均無異議，該局願意承擔，至此將故居捐贈給市府一事，總算底定。

猶記，二〇一一年五月二十三日上午，市府在閻氏故居現址，舉行了隆重的捐贈儀式，我曾應邀出席觀禮，歲月匆匆，一晃又過了十餘寒暑，我再度應邀前往陽明山，面見如同故人般的閻氏故居。

不禁念及，閻先生對家父有知遇之恩，家父因而聽其命，死守山西太原到最後，成為國共內戰中最慘烈的一役，而我被家父的舊屬楊叔推薦出任紀念會理事長，要不是恰好自己在中央負責文資業務，又哪裡懂得何謂古蹟、歷史建築什麼的，因緣際會，最後終能為閻公故居與墓園的長久之計，盡了棉薄之力。

走筆至此，心中有千般思緒飄過，想到生前死後，吾家竟有兩代人為閻公效命，這又如何不教人有所感嘆，世間的緣分是何等的玄妙難測！

輯四

得失唯有寸心知

作為台灣文物界的龍頭，
「寄暢園」主人張允中社長與夫人張郭玉雨賢伉儷，
數十年來對李氏的支持一向不遺餘力，
使其在藝海奮鬥的征程中，從無後顧之憂，
即使在張社長謝世之後，張夫人亦未改初心，
今能促成李氏於國立歷史博物館舉辦個展，
即可見出端倪。

孤蓬萬里征

李源海的藝海人生

舉凡論述中國傳統水墨畫革新與創新的著作，必然會提及林風眠、吳冠中、劉國松等大師，但也一定會對嶺南畫派的領航三傑高劍父、高奇峰、陳樹人，以及後繼者如趙少昂、關山月、黎雄才、楊善深、歐豪年等赫赫名家將此一畫派發揚光大的貢獻及成就，多所著墨。

不消說，近代國畫領域的畫派，當然不止嶺南畫派而已，舉其犖犖大者，至少還有所謂京津畫派、海上畫派、新金陵畫派（如傅抱石、錢松岩）、長安畫派（如石魯、趙望雲）等等，然而，若探究為何嶺南畫派可以在中國近代藝術史上占有一席之地，以及為何會在當今台灣藝壇，具有如此舉足輕重影響力的緣由，或許就得從地緣關係與歷史的脈絡中，才能找到較具信服力的答案了。

人盡皆知，嶺南畫派是以廣州為核心，其奠基者清末的居廉、居巢，均為廣東省番禺縣隔山鄉人氏，而廣州自古以來即為中國南方對外交通與貿易的要港，自然成為開風氣之先的地區，特別是在中英鴉片戰爭之後，依據「南京條約」的規定，廣州變成五大對外通商口岸之一，與西方世界接觸愈為密切，受外來文化的影響日益加深。

人們觀前述「二居」所流傳下來之作品，定然可以感受到彼等極其重視寫生以及明暗光影變化，因而以傳統水墨畫的沒骨畫法為本，戛然獨造地創出撞水、撞粉之技法，使筆下的花鳥蟲魚活靈活現，栩栩如生，亦使彩筆下的山水極具空間感與立體感，達到可行、可觀、可居、可遊的藝術境界。

繼「二居」之後，一脈相承的嶺南三傑「二高一陳」，均留學東瀛，浸淫明治維新所引進的西方藝術思潮、畫技，以及具有較強地方色彩的東洋畫。彼等的藝術主張，並非以革命之姿全然推翻水墨畫的傳統，而是如高劍父在其宏著《我的現代繪畫觀》中所力主者，即以開闊的胸襟「折衷中外，融合古今」，對「舊國畫」進行改造，使其脫胎換骨成為中西兼容並蓄、反映時代精神的「新國畫」。

百年以來，嶺南畫派一直傳承有緒，即使在一九四九年中國大陸易幟之後，其氣勢在海峽兩岸亦能賡續綿延，尤其是在台港兩地，嶺南畫派第二代的掌舵者如趙少昂、楊善深諸氏，開枝散葉，桃李滿門。尤值一提的是，趙師的嫡傳高足歐豪年教授，深得師門真傳，卓然成家，前後主持中國文化大學美術系三四十年，乃使嶺南畫派在台得以一枝獨秀，影響既深且遠。

此次應邀在國立歷史博物館舉行個展之李源海先生，早年追隨萬玉其老師學習花鳥，後得緣親炙楊善深大師，入其門牆，日夜勤習苦練，備受青睞，盡得衣缽，被楊氏視為及門弟子中登堂入室，最能汲取嶺南畫派精髓者。此番有幸來館參觀源海先生展出作品之各界，讚嘆其藝術成就精湛之餘，必不難感受到其畫技之高妙至少可歸納為以下數端：

一、素描功夫堅實深厚，以寫生為創作取材的源頭活水：對物象觀察細密深入，顧盼之間，即能掌握其形態神韻，落筆每每得以由博返約，表現得靈動俐落，無形中，可說已為古人所言「外師造化，中得心源」的藝術創作理論，做了最佳的詮釋。

二、構圖新穎脫俗，擅於虛實之運用：源海先生深通「奇正相生，虛實相應」之道理，往往在虛實與反差的對立中，尋求統一與和諧，而在統一與和諧中，尋求對立，因而使畫面極具張力與動感。舉例而言，李氏畫面的留白，每如盛唐大詩人白居易的名句「此時無聲勝有聲」，借虛以見實，達到前人畫論所謂「大抵實處之妙，皆因虛處而生」的視覺效果。

三、線條的剛柔跌宕，變化豐富，筆趣昂然：李氏深得師門技法三昧，精準掌握「中鋒求骨，側鋒取勢」之妙用，而且擅用禿筆、枯筆、顫筆與渴墨，信手揮灑，即將物象的輪廓鉤勒得生動傳神，故能或勁爽豪放，或柔和勻淨，無不奪人心魂，讓觀者在觸目之際，即被其爐火純青的藝術造詣，所深深感動。

無怪乎，源海先生終能成為嶺南畫派同世代中的佼佼者，然而，平心而論，古人所謂「世有伯樂，而後有千里馬」之明訓，仍為中外皆然的鐵律，李氏今日能在台灣藝壇撐起一片天，實不得不歸功於他生命中的貴人「寄暢園」。

作為台灣文物界的龍頭，「寄暢園」主人張允中社長與夫人張郭玉雨賢伉儷，數十年來對李氏的支持一向不遺餘力，使其在藝海奮鬥的征程中，從無後顧之憂，即使在張社長謝世之後，張夫人亦未改初心，今能促成李氏於國立歷史博物館舉辦個展，即可見出端倪。

李氏擅作大畫，現今台灣收藏家中有其長卷巨幛者，比比皆是，不足為奇，惟事實上，就算李氏的中堂甚或小品，亦有尺幅千里之勢，令人心馳神往，不容小覷。例如，一本苗栗縣政府文化局為其所出版的畫冊中，刊有題為《飛雁》的一幅作品，就極有韻味。

作品右上方的穹蒼，畫著一輪明月，左邊是一隻孤雁翺翔天際，中間約三分之二的畫幅，只用數筆淡墨渲染出遼闊無垠的夜空，最下方右邊一角，題詩「秋高月明夜寂靜，嘹亮一聲雁孤飛」，整幅畫看似飄渺空靈，卻意境深遠，引人思緒翻飛，不能自已。

畫中那隻夜航的孤雁，長天獨唳，有若杜甫詩中所描繪的「飄飄何所似，天地一沙鷗」，亦恰似畫家的自況，象徵著他在藝術浩瀚的大海中孤帆長征，始終無怨無悔，為理想與抱負奮鬥一生！

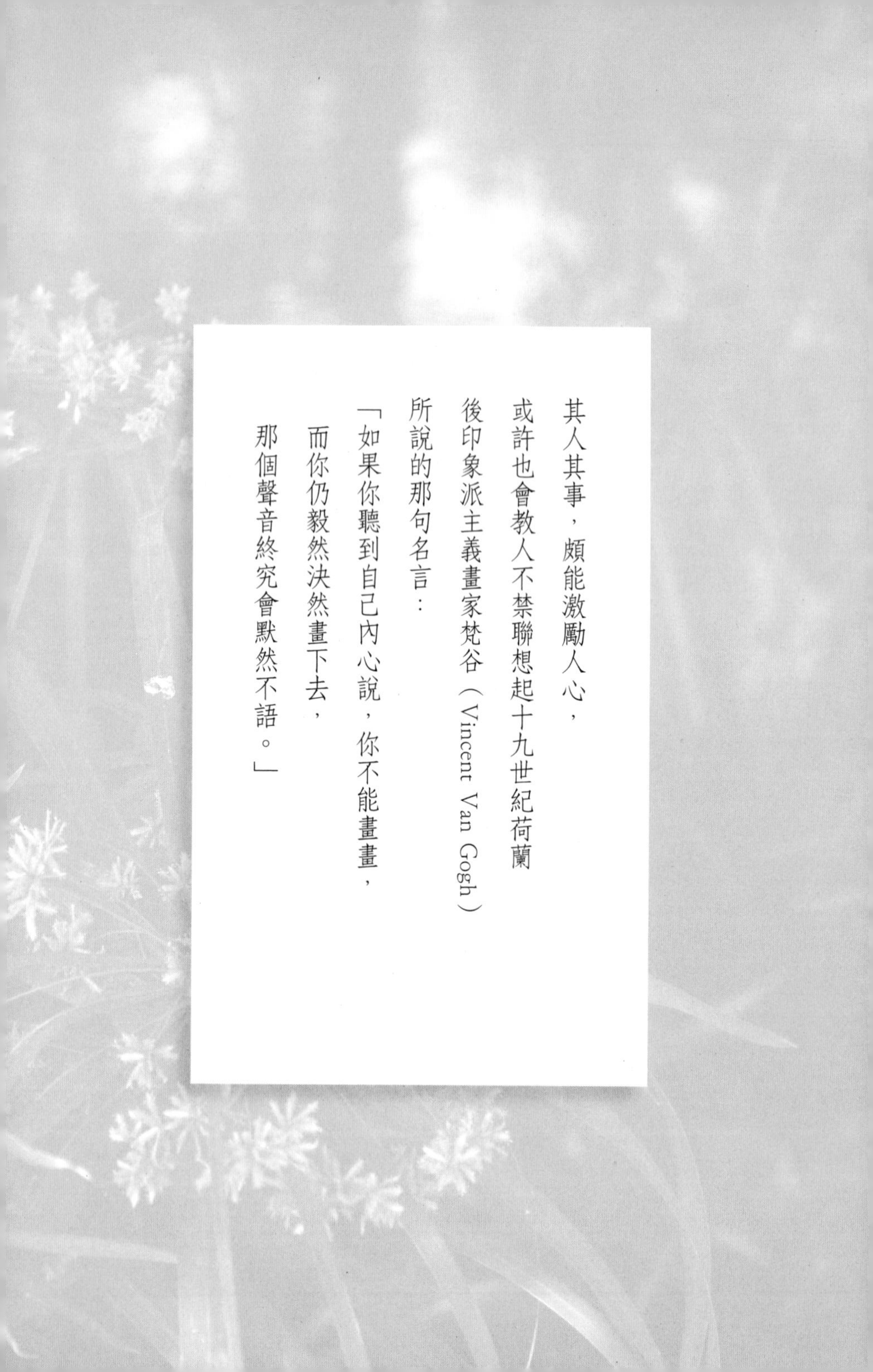

其人其事，頗能激勵人心，
或許也會教人不禁聯想起十九世紀荷蘭
後印象派主義畫家梵谷（Vincent Van Gogh）
所說的那句名言：
「如果你聽到自己內心說，你不能畫畫，
而你仍毅然決然畫下去，
那個聲音終究會默然不語。」

從裱畫師到書畫家

台灣藝術界的當代傳奇

以任何一種藝術形式來創造個人的世界，無不需要勇氣。

——美國二十世紀藝術大師歐姬芙

聞說台北「聞名畫廊」主人張夢陽兄將舉辦個人一生中首次書畫展，對不少跟他不熟的人而言，或許心中不免有嘖嘖稱奇之感，認為一位長期經營字畫裱褙及買賣生意的業者，如何能以「石破天驚」之姿，敢將自己的作品公諸於世，讓社會大眾品評呢？但對跟他時相往還數十寒暑的筆者來說，這應非張君突發奇想之舉，而是「十年磨一劍，霜刃未曾試」的結果而已。

回顧個人以往走過的漫漫世路，雖說歲月無聲，塵緣似夢，但在時間跨度如此之大

「聞名畫廊」主人張夢陽以一個裱畫師的出身，自學成為一位藝術家。

的日子裡，仍有不少難得的情誼與令人佩服的身影，早已沉澱於心底，難以抛撇，而夢陽兄百折不回、力爭上游的奮鬥故事，正是其一，也著實應證了十九世紀法國大文豪左拉（Émile Zola）的名言：「藝術家不能缺少天分，惟若少了努力，天分亦將不值一文。」

講起我跟夢陽、素蓮賢伉儷的人生步履能走在一起，與其說是偶然，毋寧說是必然，良以打從年輕時起，我就是書畫迷，行有餘力，逐漸走入收藏的文物世界。猶憶有一年，《中央日報》副刊主編詩人梅新，邀我跟黃天才先生、郭良蕙女士座談業餘收藏心得，後來並以南宋詩人陸游的名句「人間萬事消磨盡，唯有清香似舊時」為標題，大幅刊出三人對談的實況，由此亦可略知當年我收藏如癡的情形。

彼時，家住台北的舊書集散地牯嶺街，距離位於台灣師大對面的「聞名畫廊」，步行不過十來分鐘，我經常在下班吃過晚飯，華燈初上之際，信步溜達到店裡，一面品茗聊天，一面觀賞壁上掛著的名家字畫，彼此就畫論畫，高談闊論，好不快意。那時我就已默默察覺到，夢陽兄終非池中之物，以其只不過而立之年，對近代書畫家生平、創作風格、筆墨特色等文史知識，無不了然於胸，甚至對鑑別古今書畫真偽優劣，也能明察秋毫，表現出其獨到的專業眼力。

近十多年來，夢陽兄的鴻鵠之志，畢見展露。每日他閉門潛心讀書、作畫、臨帖、寫字，動輒十數小時，其用功之勤，著力之深，簡直已到廢寢忘食的地步，至於畫廊的生意，他乾脆全然放下，仰靠賢內助素蓮一人負責打點。平時上門的客人想要見他一面，也不容易，因他日夜埋首創作，餘事早就無暇顧及。

如今筆者得閒仍不時登門寒暄，每每見牆上掛著夢陽兄的近期力作，先睹為快之餘，深深感受到以「士別三日，刮目相看」一語，尚不足以形容心中的嘆服。就拿其書法作品來說，真草篆隸各種書體無所不能，無所不精，而筆勢或蒼勁沉著，或貌拙氣酣，或堅實渾厚，在在顯示出其運筆精妙，天趣溢發，已然自成一家筆墨。

事實上，也就是出於書法造詣的精湛及構圖的需要，夢陽兄的水墨創作落「窮款」者極少，作品中幾乎張張皆有題識，而且喜寫長題，內容包括創作緣由、典故闡釋、生活記趣、社會諷喻等，不一而足，讀來親切有味，如聞畫家親自娓娓談心，如是非僅拉近了與觀者的距離，也讓一幅原本靜態的平面創作，變得更為生動立體。

他雖非科班出身，但早年習畫時遍臨近現代名家墨跡，心摹手追，浸淫日深，根基也益為穩固，復因水墨大家鄭善禧老師二三十年來，幾乎每週固定前往畫廊「報到」，並在女主人素蓮的隨侍招呼下寫字作畫，因而畫廊牆面上常掛有鄭師的精心之作，近水樓台，夢陽兄無形中遂成為其私淑弟子，且在創作的畫技與風格上深受啟發。

儘管如此，夢陽兄的畫作不走傳統國畫的老路子，而是別闢蹊徑，力求跟自己的生活緊密扣合，無論在取材、構圖、賦色各方面，皆散發著本土民間的生命力。具體而言，他的作品以寫實者居多，每以深厚的書法功底入畫，線條遒勁有力，色彩鮮明飽滿，畫風生動吸睛，飽含著對斯土斯民人文的關懷，故能予人一種回味盈頰的溫暖感覺。

走筆至此，猛然想到，夢陽兄以一個裱畫師的出身，自學成為一位實至名歸的藝術

張夢陽牛年賀歲之作。

家，其艱辛的程度足可與田間莊稼「由苗而秀，由秀而實，始得秋成」的過程差堪比擬。

其人其事，頗能激勵人心，或許也會教人不禁聯想起十九世紀荷蘭後印象派主義畫家梵谷（Vincent Van Gogh）所說的那句名言：「如果你聽到自己內心說，你不能畫畫，而你仍毅然決然畫下去，那個聲音終究會默然不語。」

而更讓人感到難能可貴的是，一個人能走出原本似已命定的格局，勇於在藝術的道路上堅毅前行，縱然跌跌撞撞，最終還是找到自己生命的落腳處，活出人生的精采，如此說來，是不是已能回首無憾，不負此生了！

「惠風閣」主人窮二三十年之力，不惜花費巨資，
多方奔走搜求古金銀器之絕世精品，
眼光之獨到，學養之深厚，
在台灣文物收藏界早已望重一方，
而其苦心孤詣、一心執著之處，
即使以「人間自是有情癡」
來形容其對文物之深情如此，似亦並不為過！

巧奪天工的人間瑰寶

「惠風閣」主人王克鎏、邱郁芬賢伉儷，是當今國內古金銀器的收藏大家，所庋藏之金銀器物，件件精美絕倫，令觀者目眩神搖，嘆為觀止。古人以「文章本天成，妙手偶得之」，來形容傳世之絕妙詩文，而觀王氏所珍藏之器物，亦令人不禁生「人間有瑰寶，奇物天成之」之讚嘆，無怪乎有識之士會將此類珍寶與藝術品予以等量齊觀！

說來，金銀器的存在，誠然源遠流長，亦即在華夏文化歷史的長河中，儘管金銀器被歸屬於工藝的範疇，但其重要性從未被忽視，特別是在宮廷及達官貴人的生活中，它所扮演的角色堪稱顯著。

事實上，根據文獻的記載，在周代已設官管理各類的工藝，而歷朝歷代也一直設有專為宮廷製造生活所需的工藝機構，諸如漢代的尚方署、唐代的少府監、宋代的文思院、明代的御用監，以及清代隸屬於內務府的養心殿造辦處等，僅此一端，已可大致見出金銀器所可能具有的分量。

根據過去中國大陸出土的文物可知，相較於六、七千年前新石器時代就有銅器的出現，金銀器物登上華夏文明的舞台，大約晚了三千多年，也就是出現在夏商周時期。較著名的例證，除了河南安陽殷墟出土的金箔外，尚有四川廣漢三星堆出土的數十件金器，以及北京平谷縣劉家河出土的金笄、金簪、金耳環、金臂釧等物。

從這些出土的商周金飾可知，彼時的黃金主要是用來製作裝飾品。另經研究單位檢測，前述金飾並非百分之百的純金，而是含有微量銀與銅的合金，若以純金是二十四Ｋ來計，其含金量達百分之八十五以上，也就是在二十一Ｋ左右，其中金笄是用範鑄法製成，至於金耳環與金臂釧，則是錘鍱而成。

要之，黃金是貴重金屬，在今日如此，在數千年前亦復如此，所以古人最初是用它作為製造飾品的材料，並不足為奇，較值得注意的倒是，較大件的金銀器究竟是在何時代出現，以及其製作的方法如何，因為此足以顯示先民工藝技藝的升級與突破。

目前考古出土最早的金器，應是一九七六年在甘肅玉門市火燒溝遺址出土的黃金製品，而最著名的，則是一九七八年在湖北隨縣曾侯乙墓出土的金盞、金勺、金杯、金帶鉤等。該墓出土的文物逾萬件，最具代表者，是一套六十五件的編鐘，此一組戰國早期的龐大合金樂器，公認是改寫中國樂器史的稀世之珍。

而就金盞而言，其紐、蓋、身、足各個部分，係採用分鑄之方式製造，再合範澆鑄成型，足見彼時的金銀工藝，是借鑒傳統的青銅技術所發展出來者。

另值得一提的是，春秋戰國時期的出土文物中，銀製品極少，目前所知，傳世較早的實物，是戰國時期的楚國銀匜（按：「匜」為古代盛水或酒之器皿），而金銀器的廣泛使用，則是秦漢以後的事。現依考古出土的文物數量統計，可以斷定，由於唐代的經濟特別發達，金銀製品乃盛行於仕紳商賈，遂成為此類器物製作的高峰期。

具體而言，唐代的金銀器，不僅在數量上遠超過以前的朝代，而且受西域文化東傳的影響，各種造型與紋飾，更是燦然大備。例如，一九七〇年西安何家村出土、現收藏於「陝西歷史博物館」的鎏金舞馬銜杯紋銀壺，皮囊式的造型，奇麗生動，帶有游牧民族的色彩，亦體現出工藝師戛戛獨造的豐富想像力。

宋朝以後，金銀器的製造有若「飛入尋常百姓家」的燕子，民間金銀器的作坊日益增多，產品流布四方，形成金銀器逐漸平民化與商業化的趨勢，而不再是貴族的專利用品，且在裝飾題材與風格上，每多反映現實的生活，而具有濃郁的民俗意趣。至於其工藝技術，也一脈相承地延續了唐朝的工法，而且加以發揚光大，以錘鍱、鎏金、掐絲、累絲、鑲嵌、炸珠、鏨花、鏤空、澆鑄、焊接、抛光等工藝，展現金銀材料展延性的特質與優勢。

金銀器到明清兩代，風格又為之一變，也就是說，由貼近世俗生活的表現，轉趨於象徵地位與權勢的華麗繁密，不只器型雍容華貴，而且由紅寶、珍珠、珊瑚、瑪瑙、玉石等鑲嵌裝飾的圖案，斑斕奪目，甚具宮廷氣息。

明清的金銀器風格雖然大同小異，但清代的器物，益為精緻細膩，非但用料考究，且在工藝技藝上，在在顯示良工巧匠的神乎其技，而其應用範圍更為廣泛，舉凡飲食、起居、娛樂、休閒各個生活層面，皆可見其蹤影，此由大量出土的清代器物中，可得證實。

此次國立歷史博物館所展出「惠風閣」所珍藏的金銀器，應是明清以降之物件居多，也是歷代以來金銀器技藝發展至顛峰期之產品，精美絕倫，足令人嘆服，而其繁複之工藝技術與工序，難以概述，謹將其犖犖大者舉例說明如下：

鎏金：係將黃金與汞（俗稱水銀）混合，形成液體之金泥，塗抹於銅器或銀器表面，再加溫使汞蒸發，所剩黃金即附著於器物之上。歷代對此種工藝技術有種種不同之稱呼，如鍍金、飛金、金錯、金塗、火鍍金等，而從出土的文物以觀，在春秋戰國時代已發展出此一工藝技術，隋唐時代更被廣泛應用，直至明清，乃至民國以後，仍被普遍運用。

掐絲：顧名思義，是將金、銀或其他金屬細絲，依墨樣掐成各式圖案與花樣，再焊接於器物之上，此項傳統工藝亦是自古以來就有的技術，舉例來說，現藏於南京博物館的一件龍形金飾，原是出土於江蘇邗江甘泉山二號東漢廣陵王墓，其龍頭與龍身即是以掐絲工藝製成。

累絲：此為我國古代金工傳統工藝中，最為精巧的技藝之一。做法就是將金銀拉成細絲，然後再將其編成辮股，或是編成各種網狀組織，再焊接在器物之上，其中尤以立體的累絲作品，工序複雜，難度最高，由此次「惠風閣」所展出之多件古金銀器中，觀者不難體認出累絲工藝的細膩、精湛。

鏨花：就是使用錘子敲擊具有各種紋飾的鏨具，亦即在金屬素坏上走形，使其表面產生凹凸明暗鏨痕，而形成肌理、線條、浮雕等的紋樣圖案。根據考古學者研究，此種古老的傳統工藝，至遲在春秋戰國時代已應用於金銀器上。另值一提的是，鏨花與鐫刻看似相像，卻大為不同，因其在施作的過程中，並未把多餘的金屬材料予以削除。

炸珠：此亦為古代裝飾金銀器的一種技藝，做法是先把黃金熔成液體，繼而使其通過濾網，一旦金液滴入水中，就能冷卻凝結成金珠，謂之炸珠或吹珠，而炸珠所形成的金珠，可焊接於金銀器上，作為裝飾之用。此種炸珠的金銀工藝，每每與鑲嵌搭配運用，以呈現最佳之效果。

鍾鍱：此一術語中的「鍱」字，音同「葉」，原本為金屬薄片之意，後引申為製作各式花樣之裝飾片。此種傳統金工技法，是利用金銀材料的展延特性，用錘子敲擊金銀塊，使其伸展成片狀物，再依匠師所構想之圖樣，製成各種器形與紋飾。就錘鍱這門工藝的歷史而言，雖可遠溯至商周，惟其真正普遍運用及發揚光大，仍屬中國金銀器發展鼎盛時期的唐朝。

要之，古代工藝匠師製作金銀器的主要技法，除前述所列之外，尚有範鑄、鏤雕、鑲嵌、焊接、收挑、點翠等等，限於篇幅，不擬一一概述，惟觀者由此次「惠風閣」所展出的金銀器珍藏，當可一窺其堂奧，而知華夏傳統工藝之美，足以引發共鳴，撼動人心，在文化與藝術上之價值，絕不宜等閒視之。

良以近代學者在探討史實或文物的價值時，並非徒託空言，而至少會根據以下數項標準加以評估與衡量，亦即所謂「新異性的標準」（Standard of Novelty）、「實效的標準」（Standard of Practical Effect）與「文化價值的標準」（Standard of Cultural Values）。

經由此次「惠風閣」所展出之金銀器物，人們在凝神觀賞之餘，亦約略可以遙想此類古文物在華夏文明的時間與空間座標上所占有之位置，以及其本身所含有的特殊文化質量，從而瞭解到彼時社會的發展與進步狀況，而尤其重要的是，我們對傳統文化與藝術的豐美、厚重，必會有更深層的認識與信心。

此外，對「惠風閣」主人窮二三十年之力，不惜花費巨資，多方奔走搜求古金銀器之絕世精品，眼光之獨到，學養之深厚，在台灣文物收藏界早已望重一方，而其苦心孤詣、一心執著之處，即使以「人間自是有情癡」來形容其對文物之深情如此，似亦並不為過！

鎏金累絲鑲嵌寶石牡丹花提籃（惠風閣主人所珍藏金器）

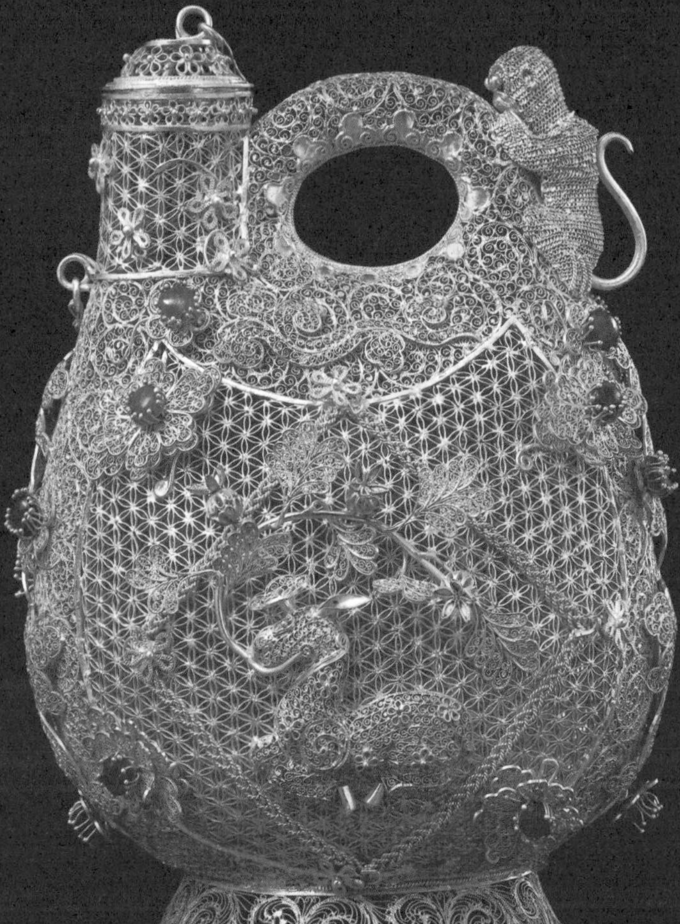

鎏金累絲鑲寶封侯添祿皮囊壺（惠風閣主人所珍藏金器）

鎏金累絲鑲寶騰龍牡丹蒜頭瓶（惠風閣主人所珍藏金器）

鎏金累絲搖錢樹（惠風閣主人所珍藏金器）

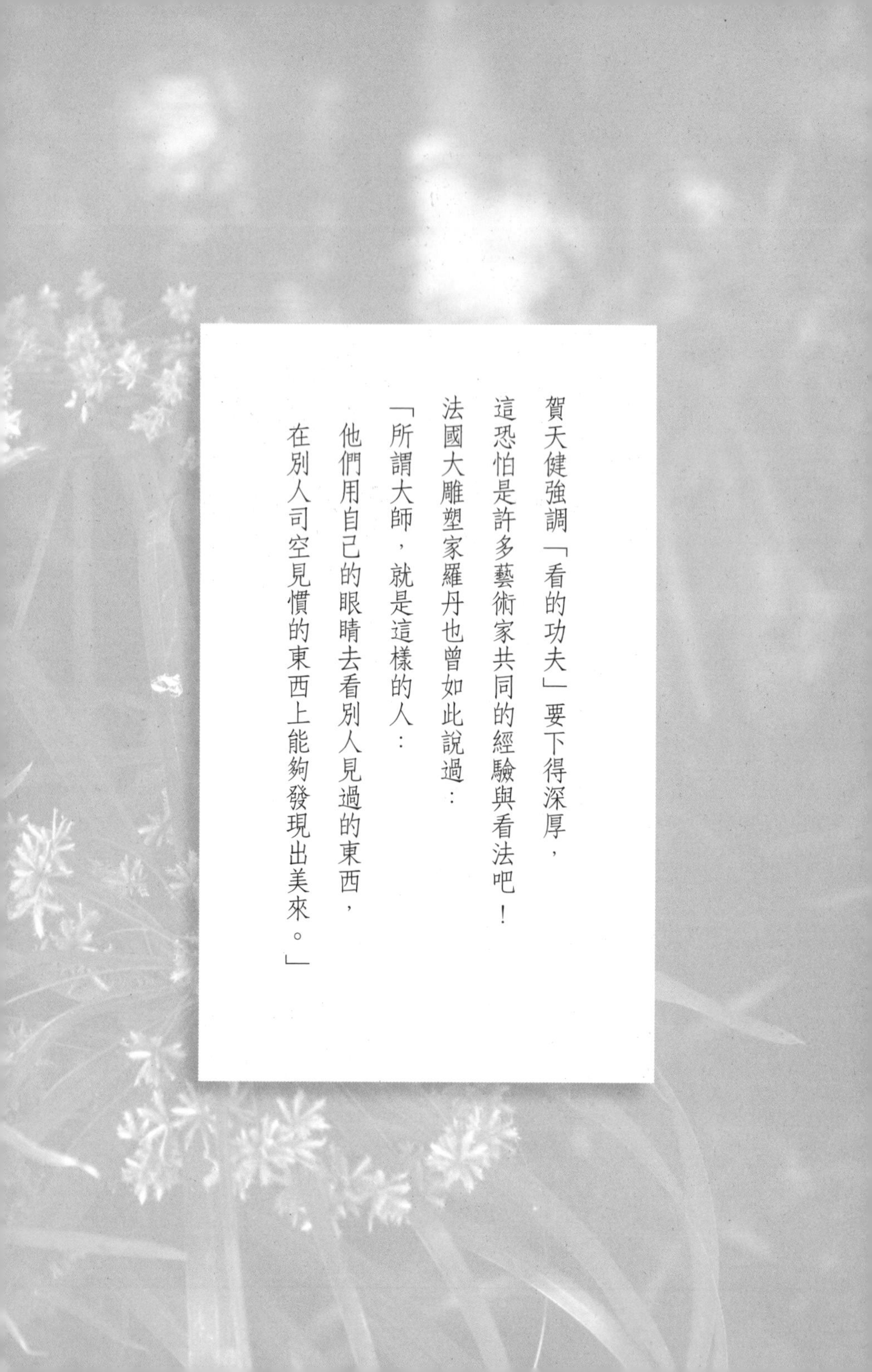

賀天健強調「看的功夫」要下得深厚，

這恐怕是許多藝術家共同的經驗與看法吧！

法國大雕塑家羅丹也曾如此說過：

「所謂大師，就是這樣的人：

他們用自己的眼睛去看別人見過的東西，

在別人司空見慣的東西上能夠發現出美來。」

丹青不老情常在

陸小曼習畫的故事

兩年前，我有一個朋友在舊書店購得一本書畫冊頁，計三十六頁，全是近代名家的手筆。由於原收藏者保管不良，冊頁已散開，張張獨立，而且蟲蛀得很厲害，已到怵目驚心的地步。所幸蛀蝕大多集中在四邊綾布及邊角部分，畫心受損不深，找個裱畫老師傅重裱一下，應能救起。

其中一張是陸小曼畫的山水，用筆淡雅，格調不俗，令我愛不釋手，就出高價商請朋友割愛。我這個朋友是個直來直往的性情中人，他早就知道我是徐志摩迷，對徐、陸之間驚天動地的愛情故事一向採同情立場，因此，不忍一口回絕我的不情之請，就笑著說：「你我是好友，談金錢未免傷感情，這樣子吧，我們來個以物易物，你把辦公室掛的那幅李鳳公小品讓給我如何？」

他所說的李氏之作，亦是我的最愛之一，畫中的仕女風華正茂，倚窗獨坐，斗室一燭煢然，充滿孤寂之感，而窗外梨花凋落，正是暮春景象，再加上畫上題有「小窗和雨夢梨花」一語，益發營造出閨怨的氣氛。我每一回凝視這幅畫，總會不期然聯想起李清照的詞：「尋尋，覓覓，冷冷，清清，淒淒，慘慘，戚戚……」

新歡舊愛兩邊都難以割捨，真成了「換與不換間，此身千萬難」，幾經內心掙扎，我才「忍痛」接受朋友的條件，為此，我還悵然若有所失了好一陣子，總覺得自己有一點愧對故人。

說起陸小曼的文采，藝文界人士鮮有不知，她與徐志摩合寫劇本《卞昆崗》，以及她在《愛眉小札》中字字如泣如訴的日記，相當膾炙人口。可是，知道她也擅長丹青，而且在一九四九年後曾擔任上海文史館館員以及上海畫院畫師的人，恐怕就不多了。

藝文界前輩陳定山在其名著《春申舊聞》中提到：「志摩去世以後，小曼素服終生，從不看見她出去遊宴場一次。她又請賀天健教她畫，汪星伯教她作詩……」，這段話過於簡略，難免不讓人誤會陸小曼是在徐志摩於一九三一年十一月十九日乘飛機失事後，因內心大感愧疚，痛定思痛之下，才洗盡鉛華，開始潛心習畫。

陸小曼究竟是什麼時候開始學畫的，我們不是頂清楚，但從目前收藏在浙江博物館的一張陸氏山水長卷上，可以找到一些線索。

在這張畫上，落有「辛未春日小曼寫於海上」的題款。辛未是一九三一年（民國二十年），而所謂「海上」指的就是上海，此為當時書畫家落款時的用語。徐志摩對小曼能展現功力，完成此一巨幅畫作，顯然很是引以為傲的，特別拿去給住在北平的好友胡適、楊銓（杏佛）題跋。

胡適是屬於有幾分證據說幾分話的學者，他的藝術觀相當能反映出此種做學問的態度，在他心目中，小曼的畫並不是所謂「搜盡奇峰打草稿」的寫實之作，而簡直是出自閉門造車的「匠人」之手，於是，他就坦言題云：

「畫山要看山，畫馬要看馬，閉門造雲嵐，終算不得畫。小曼聰明人，莫走這條路。拚得死功夫，自成真意趣。」

他又接著說明：「小曼學畫不久，就作這山水大幅，功力不小！我是不懂畫的，但我對於這一道卻有點很固執的意見，寫成韻語，博小曼一笑。適之、二十（一九三一）、七、八，北京」。

楊銓看了胡適的題跋，很不以為然，他認為中國的文人畫，重在個人情懷的抒發，不求形似，但求寄情山水，而為人生找出一條精神上的出路。因此，他老實不客氣地跟胡適唱反調：

「手底忽現桃花源，胸中自有雲夢澤；造化遊戲成溪山，莫將耳目為桎梏。小曼作畫，適之譏其為閉門造車，不知天下事物，皆出意匠，過信經驗，必為造化小兒所笑也。質之適之，小曼、志摩以為如何？二十年七月二十五日，楊銓」

對胡適、楊杏佛兩人南轅北轍的觀點，徐志摩甚感疑惑，當然他懂得學者的紙上談兵，未必是真知灼見，而且「問道於盲」，說不定還會讓小曼「誤入歧途」，因此他有必要再找幾個行家請教一番，看看大家怎麼說。於是就又找了名畫家梁鼎銘、陳定山以及陸小曼的老師賀天健題辭。其中梁、陳二氏大致上是採鼓勵的立場，對小曼的聰慧與藝術造詣多所肯定，而賀天健更對愛徒期勉有加，他題了一首引經據典的絕句：

東坡論畫鄙形似，
懶瓚雲山寫意多；

摘得驪龍頷下物，
何須粉本拓山河。

顯然，賀天健這首詩也是針對胡適等人的題跋有感而發，大意是說：北宋的蘇東坡最看不起一味著重形似的畫作，元朝的倪瓚（常自署懶瓚）筆下山水也多偏重寫意，畫家若對大自然有精深透徹的觀照，自可不必依照畫稿一筆一畫地去描摹山水景物了。詩中第三句「摘得驪龍頷下物」，係使用「探驪得珠」之典。按《莊子．列禦寇》載有一則寓言，略謂深淵中有驪龍，頷下藏千金之珠，要想取珠而歸，洵非易事。後來「探驪得珠」一語，就被引申來形容作品能切中命題之精蘊。

賀天健真不愧為大師級國畫家，他的看法相當持平公允，也呼應了齊白石所強調的「作畫妙在似與不似之間，太似為媚俗，不似為欺世」的說法，賀氏率直道出畫家落筆，既不應以追求形似為職志，但也不可自閉在象牙塔內鑽研畫藝。他曾寫過一本回憶自己習畫艱辛歷程的自傳《學畫山水過程自述》，書中提出學畫「三看」的必要，強調：

第一，對真山真水要靜看到「凝神」的地步。

學畫首先對真山真水要靜看到凝神的地步。（詹顏攝影）

第二，對古今有名的畫作要靜觀、細看，要把它們的優缺點、好壞處思辨得清清楚楚。

第三，對自己的作品也要細看、靜看；看到自家的好處，要進一步加以強化，看出自家的壞處，也要「除惡務盡」，絕不可敝帚自珍。

賀天健強調「看的功夫」要下得深厚，這恐怕是許多藝術家共同的經驗與看法吧！法國大雕塑家羅丹也曾如此說過：「所謂大師，就是這樣的人：他們用自己的眼睛去看別人見過的東西，在別人司空見慣的東西上能夠發現出美來。」羅丹還說過另外一句發人深省的名言：「美是到處都有的，對於我們的眼睛，不是缺少美，而是缺少發現。」

明朝山水畫家董其昌，亦強調學畫必須「讀萬卷書，行萬里路」，以達到「胸有丘壑，筆參造化」的境界。的確，做一個畫家要追求這樣一種藝術境地，自然非得多看真山真水不可，就此一角度而言，胡適在陸小曼長卷上的題跋，說的也不無道理。

手邊這張陸小曼的斗方，畫的是觀瀑圖，一老翁臨崖趺坐，對面白練瀉地，近處有一參天古松、數棵雜樹，遠方重巒疊嶂，山勢起伏。其筆法雖不雄奇，卻中規中矩，而賦色淡雅，構圖精到，很能表現出一種「何人得似山中叟，對語飛泉五月涼」的淡泊曠

陸小曼所繪山水小品。（作者舊藏）

達、與世無爭的氣氛。

這幅小畫的落款是這樣子的：「一峰先生正之。辛丑夏日陸小曼。」辛丑是一九六一年，小曼過世前四年，至於一峰先生究竟是何許人也，就無從查考了。

小曼去世於一九六五年五月，彼時已是「山雨欲來風滿樓」的文革前夕，她能避開此一大劫，未遭「紅衛兵」蠻橫殘酷的批鬥，何嘗不是一件幸事？

伊人已去，手澤猶存，每一想到自己所收藏的這幅陸氏遺作，幾許紅顏薄命、人世無常的感傷就會悄然掠過心頭，從而聯想起徐志摩所寫那句「我揮一揮衣袖，不帶走一片雲彩」的千古絕唱，於是，心中更不免為之黯然了！

這幅淪落天涯、等待知音結緣的舊畫，
一經妙手稍事點染，
原本略顯孤絕的氛圍頓時一掃而空，
取而代之的是一種天機活潑、物我交融的氣象，
特別是鄭老師所補繪的兩隻鳥雀，情態栩栩，
像是在松林裡啁啾對語，說晚風消息。

永沐春風的書畫緣

閱讀行政院文化獎得主鄭善禧老師

對半生宦海浮沉、飽經人世滄桑的筆者而言，回首過往數十寒暑的公職生涯，彌足珍貴的，就是結識了不少藝文界的師友，彼此時相往還，把晤言歡，會心不遠，無形中，也從他們身上領悟出許多做人做事的道理，其中尤以鄭善禧老師，最讓人感念。

說來已是將近二十年前的事了，彼時我剛從舊金山調返國內，擔任對外新聞文化工作的主管，公務繁忙不在話下，惟因書畫收藏是平生始終不移的嗜好，每逢閒暇常逛畫廊，流連忘返，樂此不疲。

一晚，我在台北市和平東路的「聞名畫廊」，欣賞民國初年書畫家曾熙所繪的一幅枯墨松石圖，見其以鐘鼎筆法入畫，蒼勁老辣，極有古意。拜觀再三，確定此為曾氏晚年之創作，但因構圖稍嫌單調，遂舉棋不定，未認真詢價。

事經月餘，某個華燈初上的週六晚間，我再度光顧「聞名」，適逢台灣師大美術系教授、國畫大家鄭善禧老師亦在座，主人張君夫婦誠意拳拳，殷勤奉茶，又端出南部家鄉百年老店糕點饗客，舉座談古論今，臧否時政，甚是快慰。

鄭老師在國內藝術界素以耿介著稱，教導美術系的學生，一向強調術德兼修，亦即不僅畫技要好，人品更不能落人於後，而其本身言行合一，身教言教，在在贏得人們的喝采與敬重。

作為一名藝術雅好者，我也早有意向鄭老師求畫，那夜大家相談甚歡，我見機不可失，就斗膽開口請教其有無近作。鄭老師是何等聰明絕頂之人，不用我直言，一眼即已看穿我內心的曲折。他有點答非所問地指著牆壁上那幅曾熙的中堂笑說：

「你應仔細看看，這幅畫可是難得一見的寶物啊！我想你一定曉得，曾農髯先生（曾氏，號農髯）是張大千真正磕過頭的老師，筆墨功夫非同小可，此畫為其六十四歲時的手筆，我瞧是千真萬確的東西，況且，張老闆要價公道，怎麼就難入你的法眼呢？」

鄭老師品評古畫，一言九鼎，最令我折服，有其為此畫「背書」，我豈有不心動的道理，於是腦筋突然來了個急轉彎，順著話試探道：「老師，這棵松樹畫得很挺拔，給人一種既孤高，又孤單的感覺，畫面上似乎缺乏了一點生趣，您要是肯給它添補上一兩隻小鳥什麼的，我願意馬上照價購藏！」

一句話激起鄭老師的豪情，大概他也有一點要照顧人家生意的意思，二話不說，立囑張老闆準備筆墨。就見他撩起衣袖，慎重盤算了落筆經營的位置，一上一下的，在松枝跟岩石上分別揮毫添加了一隻鳥雀，並在畫心右下角題跋道：「丁丑之夏鄭善禧補雙禽於上」，隨即取印落章，算是初步完工。

說是舉手之勞，但鄭老師神情恭敬嚴肅，顯示對前人筆墨之尊重。他讓老闆娘將畫重新掛好，退後數步凝神打量，再度提筆稍加修潤，最後又補上「一九九七年七月二日、民國八十六年」等字，年款中竟是干支、西曆、建國紀年三者兼備，足見此舉非比尋常，老師雖慨允補筆，而其態度卻是無比嚴肅與慎重。

這幅淪落天涯、等待知音結緣的舊畫，一經妙手稍事點染，原本略顯孤絕的氛圍頓時一掃而空，取而代之的是一種天機活潑、物我交融的氣象，特別是鄭老師所補繪的兩隻鳥雀，情態栩栩，像是在松林裡啁啾對語，說晚風消息。我信守承諾，滿心歡喜地將

鄭善禧老師在曾熙先生畫作上補筆後與作者合影留念。

此畫買下，掛在書房裡朝夕賞玩，好不得意。

這是我跟鄭老師之間第一次深度互動的趣事。儘管似水年華奔流不歇，鄭老師無畏攀高，登上畫廊的茶几，對著曾氏的巨幛補筆，以及畫廊老闆娘捧硯恭立於旁的場景，依然不時閃爍心海，永生難忘。

有人說：「緣是前世的修練」，那麼，我與鄭老師人生旅程的數度交會，何嘗不是三生有幸的緣分？猶記，多年前內人出任台北市立美術館（簡稱北美館）館長時，聞說已連續繪製六年「生肖版印年畫」的鄭老師，有就此打住之意，遂急忙專程拜謁情商，甚至還拉我一起前往遊說，終於在「聞名畫廊」老闆娘從旁敲邊鼓婉勸下，獲得老師的首肯，後來逐年又陸續完成了其餘六幅生肖年畫。

我也義不容辭，多次配合鄭老師的生肖版畫，執筆「助陣」，以示感佩之意。例如針對二〇一一兔年版畫，我曾詳加描述道，年畫畫心正中是一隻毛茸茸、胖嘟嘟的大白兔，以黃澄澄的月輪作為背景，正以衝刺之勢向前奔馳，隱約透露出國人世世代代所流傳月宮中白兔搗藥的古老神話。

年畫四邊鑲有大大小小的胡蘿蔔，每個紅通通的菜身上端，都帶有綠油油的莖葉，突顯出蘿蔔的新鮮，而這秀色可餐的美食，不就是兔寶寶夢寐以求的最愛？以此入畫，足以象徵在新的一年裡，人們所追求的健康、事業、名利等，必能如願以償。一張年畫中有這樣的好意頭，自然與年節的氣氛做了最完美、最妥貼的呼應。

在這張版畫的頂部，鄭老師落有「2011」的阿拉伯數字，下端中間鄭老師追加了「歲在辛卯」干支紀年，形成了中西合璧雙年款的美妙對比，不僅在構圖上取得了平衡，更為此一年畫添加了幾許趣味。畫作處理到此，美意延年的祝願，似已充分表達，惟畫家仍意猶未盡，更在版畫的下方處，以白邊紅字寫下了「民國百年慶，銀兔大騰進」十個大字，占足此圖三分之一畫面，極其醒目，可說更進一步點出了國人在新春的新希望。

再如二〇一二龍年，鄭老師的版印寶繪，是以紅雲為底，在畫心繪出一隻騰雲駕霧、神采飛揚的黃金色巨龍，四周並框以藍白的波濤浪花，象徵普天同慶、薄海歡騰之意。

畫心下方，鄭老師乃以寶藍鑲白之色，落下「飛龍在天，國運益昌」八字，不但為畫中的巨龍做了最有力的註解，而且也發揮了紅花綠葉的陪襯效果，使畫面顯得益為熱鬧與喜氣。

為了突顯龍年的不凡地位，鄭老師更鄭重其事地在這張年畫中，同時以阿拉伯數字「2012」、「民國一〇一年」、干支「壬辰」等三種不同紀年方式，落下了年款，使此一版印年畫的內容益加豐富，也增添了畫面趣味感，在構圖上，實在是一種堪稱巧妙的安排。

這套十二生肖版印年畫，每張的印數為一千張，數量不可謂太少，但北美館的志工人數就達數百人之多，彼等之中凡是當年服勤時數達五百小時者，即可獲贈一張留念，

鄭善禧所繪龍年版畫。
（聞名畫廊提供）

不少志工心心念念即以搜集整套為目標，故而無不努力出勤，終能稱心快意，達成願望。

月前鄭老師在中正紀念堂舉辦大型展覽時，這十二張生肖版印年畫，亦在展出之列，參觀者駐足欣賞時，無不被畫面所呈現的生動色彩、意象與童趣，所深深吸引，並在自己生肖的那張版畫前，笑逐顏開地留影。

所謂童趣，也就是世間最難能可貴的赤子之心，鄭老師自己也常對人強調他的畫是「白話文」，童叟皆懂。有人以唐代大詩人白居易相比擬，說白詩老嫗能解，講的是相傳白居易每作一詩，就唸給老婦人聽，對方聽得懂才定稿下來。然而，鄭老師的創作，卻是完全發自其本身的高深藝術修為，以及方寸之間所展現的人格特質。

筆者過去曾翻譯過不少位藝術大師的佳言錄，對西班牙畫家畢卡索所說的「我花了四年時間，才畫得像拉斐爾，但要花一輩子，才畫得像兒童」（It took me four years to paint like Raphael, but a lifetime to paint like a child.）一語，並未能全然心領神會，直到多次拜觀鄭老師的創作後，才略解其意。

就以鄭老師此次畫展中一幅題為《春風翠柳燕雙歸》的橫幅小畫來說好了，主畫面只有兩隻在春風綠柳中翻飛的燕子，乍看似嫌單調，再讀其上的題識前段：「記得去年的春天，燕子做窩在簷前，今年看見燕歸來，不覺春光又一年。燕呀燕！欣喜你康健，去年飛海南，路程萬萬千，請問你何所聞、何所見？」這是主人問燕兒的話。

題識後段則是燕子的答話：「好主人別後真想念。飛過大海，飛過山，見聞一時說不完，待我新窩做好後，跟你早晚仔細談。」鄭老師並加註道：「此余童年小學國語課本所選之歌謠，幼時背誦至今，七十餘年，尚能背寫之，然不知作者為誰，內容文義極佳，似乎當今所編之教材，有所不及。」

此畫彷彿是一則美麗的童話故事，題識中將燕子予以擬人化，跟並未實際在畫裡出現的人物「敘舊」起來，而就因有作者這樣生動有趣的題識，原本無聲的「默片」，頓時變成了「有聲片」，很能顯示出畫家的真摯情感，以及所追求真善美的藝術境界。

鄭老師作畫重視題識，實其來有自，他曾對人表示，當年在台灣師大美術系習藝時，受教於渡海三家之一的溥心畬大師，對溥氏所言「畫不題就如看默片」一語，深為信服，也一直奉此理念為圭臬，故能在其創作中付諸實踐。

筆者長期拜觀鄭老師的諸多作品，從未忽視畫作上的題識，認為其特色至少可歸納為以下數端：

一、詩文精練誠摯，語淺情深，加深了畫作的感染力。

二、題識與畫作兩相烘托，且每每發揮畫龍點睛的效果。

三、題識布局精妙，使空間之運用益見張力。

四、題識顯現飲水思源的價值觀，諸如對斯土斯民的熱愛，對前輩的感念，對後進的不吝提攜。

五、題識反映畫家純樸、率真、豁達的生命情調。

走入藝術世界，你會不期然的，被藝術家透過作品所傳達的那種情操與價值觀，所深深感動！（王蘭兮攝影）

要之，任何人只要走入鄭善禧老師的藝術世界，很難不被其作品輻射的能量所吸引，不單是因為他的創作是那樣貼近這塊土地，那樣貼近人們的生活，那樣貼近你我的心靈，讓你有如沐和煦春風之感，領受到生命的無限美好，更是因為，你會不期然的，被藝術家透過作品所傳達的那種情操與價值觀，所深深感動！

數十年來，他無怨無悔地將其全部心力、體力與生命
投注於創作及藝術教育，
那種義無反顧的奮進精神，
若用二十世紀原創性大師級雕塑家布朗庫西揭示的
「創作如上帝，指揮如君王，工作如奴隸」來形容，
何嘗不是恰如其分！

閱讀陳景容

在當代台灣藝壇，能像陳景容教授這樣出類拔萃的多面手，亦即油畫、水彩、壁畫、鑲嵌畫、版畫、瓷畫、素描等各項畫技，無所不能、無所不精的藝術家，誠可謂鳳毛麟角，極為難能可貴。

在中壯輩中，儘管人才輩出，各擅勝場，但彼等在藝術創作上之成就，以及在藝術教育上的貢獻，能與陳氏相提並論者，亦屈指可數。說實在的，即使跟許多台灣前輩藝術家相較，陳景容奮力創新的創作精神，以及其不斷求新求變，力求大跨度嘗試各種畫技的勇氣，就其藝術生涯的精采度而言，亦不遑多讓，令人不得不肅然起敬。

誠如被列為二十世紀藝術大師的美國畫家歐姬芙（Georgia Totto O’Keeffe），所言：「藝術家要想闖出一片天，必須具有勇氣」（To create one’s own world takes courage.)，以此來描述陳景容一生的志業，亦是再恰當不過。

陳景容祖籍福建同安縣，他自己是在日據時代昭和九年（民國二十三年，西元一九三四年）出生於彰化。自幼即展露對繪畫的興趣與天分，中學時代美術成績即居全班之冠。他可說是科班出身，大學讀的是台灣師大美術系，四年期間不分晝夜，磨練畫藝，深獲張義雄、廖繼春、朱德群、陳慧坤等名師的青睞，盡得彼等真傳，大三時榮獲系展第一名。

一九五六年，台灣師大畢業前夕，陳景容與劉國松、郭東榮、李芳枝、郭豫倫等美術系校友發起組織「五月畫會」，倡導以開放的畫風、自由的題材、多元的繪畫材料以及表現方式，從事藝術創作，因而成為當時台灣畫壇的前衛團體，進而促使台灣藝術思潮獲得解放，亦即從古典的保守主義，轉向現代藝術風格。

走過日據時代、精通日語的陳景容，在一九五八年負笈日本深造，先後進入東京的武藏野美術大學與東京藝術大學，研究油畫、壁畫、嵌畫、版畫、油畫修復等科目，並在壁畫與嵌畫兩方面，取得實作的機會，例如，參與完成東京大丸百貨公司的壁面嵌畫，以及東京車站的兩面嵌畫。陳氏在東瀛深造八年，日夜鑽研苦學的結果，是前後一

陳景容油畫《康乃馨》。（作者收藏）

陳景容版畫《溪釣》。（作者收藏）

共取得四張畢業證書及碩士學位，在在見證了《聖經》上所說的「凡流淚撒種的，必歡呼收割」的應許。

自一九六七年學成返國迄今，四十餘年來陳景容除投身藝術教育，前後在國立藝專、中國文化學院、國立台灣師範大學諸校的美術科系任教，作育英才外，並以一飛沖天的雄鷹之姿，在藝壇發光發亮。

其間所完成之創作極為豐富，而其中最為人津津樂道者有一九八七年為國家音樂廳正廳製作台灣第一幅大溼壁畫《樂滿人間》、一九八八年為台中省立美術館的開館所完成的壁畫《十年樹木，百年樹人》、為花蓮門諾醫院義務製作的《醫身醫心．視病猶親》及《耶穌誕生》兩幅巨幅馬賽克嵌畫、為台東基督教醫院創作的大理石嵌畫《耶穌的祝福》、為桃園縣中壢藝術館製作的巨幅馬賽克嵌畫《人間樂章——樹蔭下的即興演奏》等。這些皇皇巨構，無一不是陳氏嘔心瀝血的代表之作，因而也奠定了他在台灣藝壇難以取代的地位。

陳景容之所以能享有如此舉足輕重的影響力，固然跟其創作力之強，息息相關，但也跟其舉辦個展及參與聯展之勤，有決定性的關聯。他深知，一個藝術家絕對不能只閉關於象牙塔，也不應自我放逐的與世隔離，他必須重視心靈對話，鼓勇走向人群，走向社會，走向世界。

於是，他毅然在巴黎購置畫室，每年寒暑假遠赴異鄉潛心創作，他應邀參加「法國大師與新秀展」、巴黎羅浮宮「國家美術協會聯展」，受邀加入法國秋季和藝術家沙龍，成為永久會員。他的作品屢獲大獎，如中華民國畫學會金爵獎、吳三連文藝獎、文建會文馨獎、法國春季沙龍油畫獎、法國藝術家沙龍榮譽獎、多次入選法國秋季沙龍等，要之，接踵而至的殊榮，不斷將陳氏推向藝術世界的高峰。

論及陳景容的畫格與畫風，筆者雖在文中對其諸多作品約可歸為超現實主義風格，多所著墨，但以陳氏在藝術的道路跋涉逾一甲子，創作數量龐大而多元，若以單一派別來加以歸類，似仍嫌過於勉強與武斷，也難與事實全然相符。

舉一實例來說，陳氏在其大作《靜寂與哀愁》一書中即提及，他為當時省立美術館大廳所創作之巨型壁畫《十年樹木，百年樹人》，往往予人以浪漫主義的印象，而其細膩優雅的描繪與造型，顯然具有古典主義的風格，復以畫中的人物又帶有象徵性的寓意，整體來說亦具象徵主義所強調的內涵，故此一作品可說是陳氏對各個畫派融會貫通後所走出的個人創作風格。

事實上，任何一位藝術家，要想開創出個人獨樹一幟的創作風格，何其不易。就此而言，陳景容在藝壇的地位早已備受肯定。而論及其藝術成就，無論識與不識，人人都必定會承認陳氏是藝壇的苦行僧，他始終履踐自己所言「藝術是只問耕耘，不問收穫的行業」。

若非如此，陳景容又何必投入諸多心力在版畫創作上？他無顧於台灣藝術市場的趨向，始終強調版畫的價值，力主版畫是藝術表現的重要方式，而認定版畫有油畫無法表現的優勢，其中木版畫線條的古拙樸實、銅版畫線條的嚴謹細緻、石版畫光影變化的豐富等，無不魅力無窮，令人心醉。

總之，數十年來，他無怨無悔地將其全部心力、體力與生命投注於創作及藝術教育，那種義無反顧的奮進精神，若用二十世紀原創性大師級雕塑家布朗庫西（Constantin Brancusi, 1876-1957）揭示的「創作如上帝，指揮如君王，工作如奴隸」來形容，何嘗不是恰如其分！

此外，尤值一提的是，陳景容是一位把「吃果子拜樹頭」此一台灣社會傳統觀念看得極重的藝術家。長久以來，他一直對過去提攜過他的師長及前輩，執禮甚恭，極為敬重，前輩畫家李梅樹也因此對他青睞有加。當陳景容從日本學成歸國後，時任國立藝專美術科主任的李梅樹，立即延聘他前往任教，甚至在多年之後，更向藝專校長力薦其繼任美術科主任一職。

又如，就連讓他度過青澀少年期的彰化中學，他也亟思有所回饋。說實在話，彰中充其量只不過是讓陳景容對美術發生興趣的啟蒙地而已，談不上對他後來的藝術造詣有太多潛移默化之功，而他卻一直感念在心，先後三度捐贈價值不菲、主題深具意義的馬賽克嵌畫及銅雕作品予其母校典藏。

一個人在功成名就之後，仍能念念不忘其藝術生命的啟航港，這種飲水思源的情操，著實教人刮目相看，而人們閱讀陳景容的作品，貴能讀出其作品的深度與厚度，讀出他對藝術的執著與熱情，惟更為重要的是，貴能讀出他那孤寂、冷峻畫風的背後，卻隱藏著人性的溫暖、他對人世間種種苦難的悲憫及大愛，以及他對社會不平現象的深沉抗議。

在此，謹就陳景容的畫風、畫格，以及藝術成就分析如下，或可對這位台灣藝壇的巨匠，有更進一步、更深刻的認識：

一個人在功成名就之後，仍能念念不忘其藝術生命的啟航港，這種飲水思源的情操，教人刮目相看。（詹顏攝影）

深受超現實主義之影響

陳景容的油畫創作辨識度極高，不用說是近賞，即使是遠觀，也能讓識者一眼認出是否出自其彩筆。在台灣當代藝術家的光譜之中，陳景容低彩度的賦色、極簡的構圖，以及畫面處處流瀉著孤寂神祕之氣氛，所形成獨樹一幟的風格，讓其成為超現實主義的代表畫家，亦將使其在台灣近現代藝術史上占有無可取代的一席之地。

平心而論，任何藝術家都很難完全擺脫時代背景的影響，台灣前輩藝術家亦難例外，特別是在戰後，雖然已脫離殖民地的身分，但在歐風東漸的大勢所趨下，後印象派、野獸派、立體派、抽象表現主義、巴黎畫派等等思潮，一再為台灣的藝術界注入活水，也沖激著台灣畫壇的發展。

以陳景容的恩師張義雄為例，他的作品風格咸認是集印象派、野獸派、立體派，以及表現主義之大成，而無論在構圖、造型及色彩的運用上，重整出個人戛戛獨造的風格。事實上，張氏後期諸多巨幅作品，亦可歸類為超現實主義風格，殆無疑義，而陳景容的作品，在風格上會追隨其師之後，亦就不足為奇了。

所謂超現實主義（Surrealism），乃是源於主張顛覆舊有價值體系的達達主義（Dadaism），在二十世紀二、三〇年代盛行於歐洲的文學與藝術思潮，惟作為文學流派，其影響力堪稱有限，而作為一種美學主張，其影響卻極為深遠，在在成為近代歐美諸多重量級藝術家創作力量的泉源。

其所倡導的核心理念，可說是植基於精神分析學派的創始人、心理學家弗洛伊德的學說，以及柏格森（Henri Bergson）直覺主義的美學觀。主要內涵可約略歸納為：（一）主張放棄理性、合乎邏輯的思考，及其所呈現的現實意象，以擺脫一切現實世界所給予的束縛。（二）強調人們潛意識或無意識的活動，並以直覺、本能，以及超現實、非理性的夢境、幻覺、神祕、荒誕等，作為創作的素材，以呈現藝術家深層的內心世界。

以超現實主義大師達利（Salvador Dali）為例，《軟化的時鐘》是其不少雕塑作品與畫作中經常出現的意象之一，可想而知，癱軟的時鐘當然不再具有報時的功能，在現實世界中時間並不因此停格，不再流逝，然而，在夢境之中，在人們的潛意識中，往往冀望青春永駐、死亡永不到來，也就是讓時間從此癱瘓，生命永無止境的永恆存在，而這也象徵著藝術的千秋不朽。

人們從達利的語錄：「對存活的盼望，與對死亡的恐懼，乃是藝術的情緒」（The desire to survive and the fear of death are artistic sentiments.），即可約略感受出糾結於一代超現實主義大師潛意識中的不安與矛盾。此外，他力挺超現實主義的美學，而曾如此生動地強調：「虛假記憶，跟真實記憶之間的區別，就跟寶石的情況一樣，假寶石看起來總是最真實、最光彩奪目。」（The difference between false memories and true ones is the same as for jewels: it is always the false ones that look the most real, the most brilliant.）

同樣的藝術元素與表述符號，亦可在陳景容的諸多畫作中見及，例如陳氏筆下常將裸女跟騎士雕塑、獸骨、貝殼等，呈現於同一作品的構圖中，表面上畫中的人物，與各在其位的靜物，並無明顯的互動或連動關係，畫面所呈現出的，是一片神祕、孤寂的氣氛，但其所暗藏的巨大張力，每每引領觀者進入一個無垠無涯的想像空間，令其內心為之悸動不已。

首先，就像達利的《軟化的時鐘》一樣，此應非真實世界存在的景象，而是夢境或幻想中才可能出現的場景，而此種現實與虛幻的對立與矛盾，可說是構成超現實的基

達利（Salvador Dali）：「對存活的盼望，與對死亡的恐懼，乃是藝術的情緒。」
（王蘭兮攝影）

調。再者，身為主角的裸女，從其飽滿挺起的乳房、堅實平坦的腹部，以及瘦削結實的肢體，可知其風華正茂，青春之火正熊熊燃燒，而她所面對的獸骨或貝類，早已被時間奪去生命，與草木同朽。至於軒昂偉岸的騎士雕像，其本人雖遭時間一視同仁的無情對待，卻因功業彪炳，而能流芳後世，甚至其雕像還能聳立於人群熙來攘往的空間，供人憑弔與紀念。

簡言之，若拿時間軸來剖析，裸女是現在式，獸骨、貝殼、騎士則是過去式，彼等各如其分地在畫面上扮演其角色，固然象徵著時間的無情與無私，令人不禁興起「是非成敗轉頭空」的慨嘆，卻也暗示著人們應及時把握有用年華，戮力成就人生的目標，不能枉費難得的此身，而這恐怕也就是陳景容此類畫作含意最深刻，也最值得觀者低徊往復之處了。

孤獨與寂靜的畫風

在寂寞的藝術道路上，披荊斬棘，像苦行僧般跋涉超過一甲子的歲月，陳景容終於走出自己的道路，創造出獨樹一幟的藝術風格。論者每謂陳氏的作品，以灰藍與灰綠為賦色的基調，因而營造出一種孤寂與哀愁的氣氛與情調，讓觀者深受感染。

講到色彩的運用，此應是藝術家的拿手絕活，早在一千五百年前的南北朝時代，美術理論家謝赫在其傳世之作《古畫品錄》中，總結其美學觀點，提出了繪畫的「六法」，其中之一即為「隨類賦彩」，講的就是著色的問題，強調畫家必須依其所描繪的不同物件，賦予最恰當的顏色，而其最終目的，則在賦情、賦意，而所謂的賦情、賦意，亦正是表達藝術家內心世界的感情與理路。

由此以觀，色彩運用的高下，可說是決定一張畫作是否成功的關鍵因素，因而法國後印象派主義大師塞尚（Paul Cézanne）就曾如此說：「當色彩達到飽和，藝術形式也就獲得飽和」（When the color achieves richness, the form attains its fullness also.），而超現實主義旗手之一的夏卡爾（Marc Chagall），更強烈地表達道：「色彩是一切，色彩對了，藝術形式也就對了。」（Color is all. When color is right, form is right.）

在此之所以引述謝赫之主張以及以上兩則大師語錄，不過在說明陳景容的創作，會在色彩上特別用心經營，並非標新立異，而是其來有自的造詣表現。事實上，色彩不僅決定了藝術形式，而且也與畫中的光線、明暗息息相關，就這一點來說，法國野獸派的創始人馬蒂斯（Henri Matisse），更總結其創作經驗說：「色彩有助於表現光線，但這非物理現象，而是真正存在於藝術家腦中的唯一光線。」（Colour helps to express light, not the physical phenomenon, but the only light that really exists, that in the artist's brain.）

馬蒂斯是野獸派的掌門人，也是上世紀畫家中極擅長用色彩的大師。作品常以單純的線條及色塊的組合，來呈現狂野豔麗的畫風，而要表現這樣的畫風，對光源的掌握自然必須精準，不過，他所重視的，未見得是自然光或人工光，而是他自己內心中的光源。

事實上，若以同樣的道理去解讀陳景容的畫作，可能更容易走入他的藝術世界。人們讀其創作，固可發現他對人物、靜物明暗的處理，毫不含糊，但仍不免感受出畫中所透露出的淒清孤寂之感，原因之一就是，幾乎他所有的作品，都被一種似有若無的灰濛色調所籠罩，讓人幾乎嗅不出任何歡樂的氣息。

陳景容擅用灰藍與灰綠，而在色彩的分類學上，藍與綠都屬於典型的冷色系，但也被公認是最能表現藝術家情感的色彩。以西班牙畫家畢卡索（Pablo Picasso）為例，一九〇一至一九〇四年，是其所謂的「藍色時期」，其間因受摯友自殺及個人獨自旅行的影響，多以陰鬱的藍色與藍綠色作畫，來表現心緒的低沉。

再就超現實主義大師夏戈爾的用色來說，藍色與朱紅幾可概括其大部分畫作的主色調，因而他曾說：「我的藝術是一狂野的藝術，燃燒的朱紅，再加上藍色的靈魂，淹沒了我的畫作。」（My art is an extravagant art, a flaming vermilion, a blue soul flooding over my paintings.）

與夏戈爾相較，陳景容畫作所呈現的情調，不見任何的激情與狂野，而是一種無以名之的孤寂，甚至是一種不言而喻的哀愁。就拿他在二〇〇五年所創作的《月下裸女》來說，屬於近景的主角，是兩位側身的裸女，其中一位年紀稍長者，端坐在椅子上，另一名長髮年輕女郎席地而坐，眼睛凝視著腳前的地氈，兩人都是緊閉雙唇，沒有交談，也沒對望，都顯得心事重重，若有所思。

中景是綻藍奔流的海水，有白色的波濤前仆後繼地拍岸，恰與岸上的靜默的裸女，形成一動一靜的對比，加重了畫面的張力。遠景的山脈，在暮靄沉沉的籠罩下，山巒稜線隱隱，唯見深藍如墨的山形。至於入夜的穹蒼，未見任何星光，只有一輪弦月點綴藍色天幕，使得畫面益為淒清。

若再以陳景容於一九九一年完成的百號巨作《廣場》為例，益發可以看出陳氏是如何以簡潔構圖及灰藍色調，來呈現藝術家內心無以言宣的深沉孤寂。此畫的主題為廣場中的騎士雕像，是人們尋常在歐洲城鎮隨處可見的場景，實不足為奇，也不太可能引發太多的感觸，但一經藝術家妙手點染，觀者靜若止水的心境，就很難不起任何波瀾。

具體而言，畫中散發著歷史幽情的廣場，原本是人來人往的公共空間，但在皓月當空夜未央的夜晚，街上不見任何人影，一片闃然，四周左鄰右舍的住戶，也都已熄燈休息。這時矗立在廣場中央的騎士雕像，雖成為視覺的焦點，卻也顯得格外孤單。可以想見，主角生前的事功，必然顯赫，但無情歲月何嘗放過世間任何英雄人物，讓人不由想起「自古英雄皆寂寞，唯有飲者留其名」、「千秋萬世名，寂寞身後事」等詩句所點出的人世滄桑。

這幅巨作的構圖本身，已讓人觸目即生孤寂之感，再加上陳景容以不同層次的灰藍冷色調處理夜空與廣場，更為畫面營造出一種無以言喻的悲涼氣氛，而這恐怕也正是畫家內心深處再真實不過的寫照。

或許，有人會質疑上述分析不過是推斷之辭而已，未見得準確無誤，那就不妨一

陳景容著作《靜寂與哀愁》近似其半生回憶錄。（文訊文藝資料中心提供）

讀陳景容本人在其近似半生回憶錄的著作《靜寂與哀愁》一書中所透露，當年他為《十年樹木，百年樹人》此一創作，在百般苦思冥想不得其解，萬分掙扎矛盾之時，畫出了巨幅作品《海邊的騎士》。畫中一名騎著白馬的騎士，踽踽獨行於波濤洶湧的海邊，海岸的另一邊則是黑魆魆的險峻崖壁。易言之，無需多加解釋，其構圖與色彩已生動刻劃及反映出畫家抑鬱低沉的心境。

畫格即其人格的藝壇大師

陳景容的諸多創作，儘管構圖簡約、賦彩單純、畫面孤寂，但其無形的強烈張力，卻在在衝擊著觀者的心靈，有時甚至像暮鼓晨鐘般，令人不得不進一步觀照自己的人生道路，而做出深刻的反思。

與超現實主義大師達利相較，陳景容大部分作品顯然沒有那樣深奧難解，所以如此，或許是因為他並未像達利那樣，強烈主張藝術的目的，就是要「使混亂系統化，以助於徹底顛覆現實的世界」（to systematize confusion thus help discredit completely the world of reality）。

在藝術創作道路上跋涉逾一甲子的陳景容，雖曾有過擺盪在寫實主義與超現實主義的階段，而最終做出藝術生命的抉擇，然而，他卻從未以顛覆現實世界為創作的唯一宗旨，反倒是，人們可從其超現實的手法上，閱讀出他對紅塵世界的悲憫，以及對人生苦難的同情與大愛。

舉例來說，在十二生肖中，陳景容唯獨對「牛」情有獨鍾，他筆下的牛，極少成雙成對，而都是形單影隻，獨自面對蒼蒼茫茫的大海，像是在默默咀嚼自己永無終止的勞苦。人盡皆知，牛對許多農家而言，是從事拉車、犁田等粗活的牲口，終生勞瘁，有時尚不得善終，可說是苦命至極。

讀陳景容筆下的牛，可以感受出他對此種家畜的無限同情，但也使你因而聯想到這恐怕也是畫家的自況與自身寫照。陳氏在台灣師大美術系四年期間日夜苦練畫技，在日本東京藝大與武藏野美術大學七年深造期間不眠不休地苦學，以及返國後一面在藝術系所作育英才，一面從事油畫、鑲嵌畫、溼壁畫、版畫、磁畫、素描等各類形式的創作，日以繼夜、無怨無悔的為藝術燃燒自己的生命，又何嘗不像終歲辛勤的牛隻，大有鞠躬盡瘁、至死方休的態勢。

此種為藝術創作永不放鬆、永不懈怠的精神，無疑是陳景容能在藝術領域登峰造極，並能在世界藝壇掙得一席之地的最大原由。陳氏創作從不考慮藝術市場，亦從不譁眾取寵，他所創立獨樹一幟的藝術風格，看似內斂，毫不張揚，卻亦毫不保留地表達了他對人生的看法，也顯示了他不凡的人格特質與修為。

一言以蔽之，陳景容的藝術人生，可說為十八世紀法國哲學家畢楓（Buffon）所提倡的「風格即人格」（The style is the man himself.），下了最佳的註腳，也做了最好的見證。人們讀其嘔心瀝血的創作，不僅受到藝術之美的感染，亦必為藝術家所詮釋的生命意義，感動不已。

藝術家總是無怨無悔的為藝術燃燒自己的生命。（王蘭兮攝影）

揚名世界，為國爭光

已故的法國法蘭西學院華裔院士朱德群先生，常對人說：「要想成為一位頂尖的藝術家，天分與努力缺一不可。」說來，陳景容正是兩者兼備之人，他的成功，不是偶然，而是必然。

陳氏在台灣師大求學時的刻苦向學，是每一位教過他的師長有口皆碑、共見共聞之事，而他在留日八年期間日夜苦學的精神，同樣令其老師刮目相看，對他由衷看重，其中多位那時結識的同學，亦成為陳景容一生的至交，至今彼此仍經常往還，時相切磋。

陳景容學成歸國後，除在大學美術系所任教，作育英才外，也先後出版了多種繪畫理論與創作技巧的書籍，嘉惠學子。同時，他心心念念皆在開創自己的藝術之路，於是在教畫、寫書之外，更拿出焚膏繼晷的精神，從事油畫、水彩、版畫、磁畫、鑲嵌畫等各種媒材的創作，並無役不與地參與各類重要的聯展，以及舉辦自己的個展，包括應邀在國立歷史博物館國家畫廊、國父紀念館中山畫廊等場所展出新作。

他在藝術上的成就如此亮麗，因而聲名大噪，在台灣藝壇的地位愈見穩固，而屢屢

朱德群：「要想成為一位頂尖的藝術家，天分與努力缺一不可。」（詹顏攝影）

擔任全國美展、省展、北市及高市美展、中華民國國際版畫展的評審委員。平心而論，陳氏個性剛毅木訥，不善言辭，是一位全然不懂自我標榜、自我推銷的藝術家，他的成功，別無祕訣，天分高自不用贅言，更是他一步一腳印的努力打拚所掙得的。

他的作品與藝術成就，在國內備受肯定，屢獲殊榮，包括行政院文建會文馨獎、中國畫會金爵獎、吳三連文藝獎等。但他絕不以此自滿，始終抱持藝術無國界的理念，認為身為台灣藝術家固應立足鄉土，但亦應放眼世界，把自己的作品介紹給世人，而藉藝術為國家爭取榮譽，也為台灣爭取更大的國際活動空間。

陳景容追隨其師張義雄，以世界藝術之都巴黎為進軍的首站，遂在該地設立個人工作室，讓自己在引領世界藝壇趨勢的現場，觀摩世界一流藝術家的作品，接觸最新的藝術思潮，鍛鍊心靈的敏感度。事在人為，巴黎藝術殿堂之門，終於被陳景容鍥而不捨的努力所叩開。

他的畫作多次入選法國沙龍展，一九九四年他成為法國秋季沙龍會員，二〇〇三年應邀參加「法國大師與新秀展」，以及參加巴黎羅浮宮「國家美術協會S.N.B.A聯展」，二〇〇四年應邀在巴黎第六區市政府大廳舉辦個展。其他殊榮，尚有一九九八年

《騎士雕像及教堂》榮獲法國春季沙龍油畫銅牌獎、一九九九年《騎士雕像及裸女》榮獲法國春季沙龍油畫銀牌獎、二〇〇〇年《畫室的模特兒》榮獲法國春季沙龍油畫榮譽獎，同年並獲邀成為秋季沙龍永久會員。

陳景榮在藝術領域的不凡成就，固是其個人藝術生涯的里程碑，而國人及其母校，亦同感與有榮焉，於是他獲頒台北市榮譽市民與台灣師大傑出校友。不僅如此，就連海峽對岸的中國大陸，亦視其為華人藝術家的典範，給予高度的肯定。二〇〇八年，陳氏榮獲中國北京「二〇〇八奧林匹克美術大會」特邀入選獎，獲頒該屆奧運永久典藏證書與金牌獎章。二〇一二年，獲邀出席大同國際壁畫雙年展暨大同國際壁畫論壇，成為台灣唯一被邀展的畫家。

一生最高的殊榮

對成功躍登國際藝壇的陳景容而言，二〇〇三年的六月十一日，是他此生非常值得紀念的一天，因為當天上午十點，陳氏在駐教廷大使戴瑞明的陪同下，坐進梵諦岡聖彼得大教堂廣場的貴賓席，見證教宗保祿二世親自主持的封聖典禮，並面謁教宗，接受其親切的接見與祝福。

這一天是教宗保祿八十三歲的生日，事先陳景容在戴大使的引薦，且經梵諦岡國務院及祕書處的審核，把其費時年餘，精心創作的馬賽克鑲嵌畫《聖家畫》贈予教宗，作為祝壽賀禮，永久典藏於梵諦岡博物館。

陳景容製作這幅鑲嵌畫，極其用心，內中聖母瑪利亞面容端莊聖潔，手抱小嬰兒耶穌的姿勢溫柔慈祥，坐在左側的約瑟一手微舉，像是在逗弄嬰兒的臉龐，亦流露出和藹可親的目光。畫中的約瑟留有落腮鬍，顯然是比其妻瑪利亞年紀大許多，而這也完全符合了基督教傳統的說法，足證陳景容考證周延。

一般而言，以馬賽克製作聖像，較易像中古世紀教堂中的聖像圖那樣，流於刻板而嚴肅，但陳景容這幅《聖家畫》，除在人物的表情上加意刻劃，另在一家三口頭頂都加上柔和的光圈，不但烘托出明亮的主題，也使畫面充滿優雅的氣氛與節奏感，加深了它的感染力道。

輯五

越境的行旅

對於苦學成功的季老來說，他並不太相信什麼

「文章本天成，妙手偶得之」這類的話，

他是這樣鼓勵年輕學子：

「寫文章必須慘淡經營。

自古以來，確有一些文章如行雲流水，

彷彿是信手拈來，毫無斧鑿痕跡。

但是，那是長期慘淡經營終入化境的結果。

如果一開始就行雲流水，必然走入魔道。」

散文越境的行旅

前幾天，在政大校門口附近一家小書店買了幾本大陸出版的文史書籍，結帳時老闆客氣地說，對一般客人是照人民幣定價乘以七，看我是老主顧，意思一下，乘以六就行了。老闆不待我質疑，緊接著解釋說，他也清楚，不少大陸書專賣店，已降到五倍以下，不過他們店小進貨量少，成本自然比較高。

人家講得入情入理，我趕忙掏錢稱謝之餘，心中不禁生出幾分感慨。想當年我讀高中時，家住台北牯嶺街底，離位於南海路的學校很近，上下學騎腳踏車用不到十分鐘，徒步頂多半小時。那時，牯嶺街舊書店、舊書攤櫛次鱗比，好不熱鬧，論規模，絕對不會輸給巴黎塞納河旁的舊書市場。

既然是上下學必經之地，不用人引領，自然而然，我就把逛舊書攤變成了日常的休鬧跟娛樂，家裡給的零用錢，幾乎全進了舊書攤老闆的腰包。在戒嚴時期，二三十年代的大陸舊版書，全屬禁書，舊書業者深怕惹上麻煩，往往會把這些得之不易的奇貨藏起來，不是熟識的老主顧上門詢問，絕不輕易出示。他們在行已久，就算是沒有太多版本學的知識，也深知物以稀為貴的生意經，一本蕭乾寫的《人生採訪》，開價台幣幾百塊算是稀鬆平常的事。

這當然是「白頭宮女話當年」的天寶遺事，距離現在遠了點兒，但就是十來年前，我在台北光華商場買大陸版的文史書，業者照人民幣定價乘五六十倍也是常事，一本書算下來總得台幣上千。你說對方是牟取暴利，其實他們以種種明的、暗的管道帶進這些禁書，也有外人難知的風險。這種不正常的現象，隨著兩岸情勢與政策的緩步調整，逐漸獲得校正，大陸書從人民幣定價的數十倍一路跌下來，跌到現在的五倍左右，就我這個曾經「走過從前」的愛書人而言，真是太心滿意足了。

算算以往購買的大陸書籍，種類繁多，不一而足，但文史哲與藝術的書，仍是大宗。文學書籍中的散文類，比小說與詩集又較多。長期以來個人的感受是，詩的文字精練，耐人咀嚼，想要領略其意象必須再三尋思，而小說人物的刻劃、情節的鋪陳、衝突的安排，精采處更是讓人廢寢忘食，難以釋手。跟詩與小說比較，散文無論是抒情、敘事、寫景、狀物或說理，類多出自真情實意，講究的是以情動情、以心感心，無涉虛構，而且篇幅有限，捧讀時欲續欲止，了無掛礙。

＊

這些年來，大陸寫散文的名家輩出，往往也都是多面手，右手寫詩、左手寫散文的，不勝枚舉，當然小說、詩與散文樣樣擅長的全才，也不在少數。還有學者型的散文家，挾其深厚的文化素養及社會觀照，作品深入淺出，對人生思考的力度和穿透性，更讓人由衷折服。

其中北大教授季羨林的散文，就是我的最愛。季老是研究梵文、吐火羅文、巴利文的語言學家、歷史學家，在文革時受過大苦難，他在一九九八年出版的《牛棚雜憶》，以最平實的語言呈現一個文化人在面臨無理可講的冤屈時，靈魂的深沉抗議。他在〈論據理力爭〉一文中這樣說：「根據《現代漢語詞典》，理是道理、事理之意，而這等於沒有解釋，看了還是讓人莫名其妙。根據他的看法，『理』應有以下幾層意思：一個國家當代的法律、一個國家的文化傳統、一個國家一個民族公認的社會倫理道德。」

季老據此下了結論：「綜觀中國幾千年的歷史，以理為準繩，可以分為三個時代：絕對講理的時代，講一點理的時代，絕對不講理的時代。第一個時代是從來沒有過的；第二個時代是有一些的；第三個時代是有過的。」

季老是學界泰斗，思辨功夫過人，故能說出這樣一針見血的話來，發人深省的是，我們不禁要思索，在海峽這一邊的我們，現在又是處於哪一種時代？

季老的文字質樸而情韻深厚，讓人有一種說不出的溫暖感覺，我最喜歡他在〈清塘荷韻〉中說的：「晚上，我們一家人也常常坐在塘邊石頭上納涼。有一夜，天空中的月亮又明又亮，把一片銀光灑在荷花上。我忽聽撲通一聲。是我的小白波斯貓毛毛撲入水中，她大概是認為水中有白玉盤，想撲上去抓住。她一入水，大概就覺得不對頭，連忙矯捷地回到岸上，把月亮的倒影打得支離破碎，好久才恢復了原形。」

如此生動鮮活的白描，簡直不輸給杜牧的千古絕唱：「銀燭秋光冷畫屏，輕羅小扇撲流螢，天階夜色涼如水，臥看牽牛織女星。」說實在的，人生要是想開了，大可不必求什麼富貴壽考，有生之年只要常能在清風明月之時，心無機事，享受片刻靜謐與天趣，也就相當難能可貴了。

人生要是想開了，大可不必求什麼富貴壽考，只要常能心無機事，享受片刻靜謐與天趣，也就相當難能可貴了。（王蘭兮攝影）

季老曾擔任北大的副校長，我在《季羨林，靜靜走在喧囂中》一書中讀到他的一則趣事：有位新生報到時帶了不少行李，看到身著中山裝的季老，以為是傳達室的工友，就喊說：「師傅，請替我看一下，我去找同學來幫忙。」季老就頂著大太陽，笑咪咪地站在原地替那位年輕人看家當。第二天迎新會上，對方才發現，昨天的工友，今天已變成他們的副校長。

對於苦學成功的季老來說，他並不太相信什麼「文章本天成，妙手偶得之」這類的話，他是這樣鼓勵年輕學子：「寫文章必須慘淡經營。自古以來，確有一些文章如行雲流水，彷彿是信手拈來，毫無斧鑿痕跡。但是，那是長期慘淡經營終入化境的結果。如果一開始就行雲流水，必然走入魔道。」

季老的文章，字裡行間處處流露出一種純淨的真誠，那是歷盡人世滄桑與悲涼後的返璞歸真，讀後每每使人覺得醰醰有餘味。季老曾這樣說：「我的文筆可能是拙劣的，我的技巧可能是低下的。但是，我捫心自問，我的感情是真實的，我的態度是嚴肅的，這一點絕不含糊。我寫東西有一條金科玉律：凡是沒真正使我感動的事物，我絕不下筆去寫。」此一段話可說為他的寫作觀，下了最到位的註腳。

*

比季老年齡略小，但跟他屬於同一代的汪曾祺，是我心儀已久的另一名散文大家。他寫的東西很生活化，讀來全不費勁兒，卻能讓你印象深刻，回味無窮。例如他描述紫薇花說：「紫薇是六瓣的，瓣邊還有很多不規則的缺刻，所以根本分不清它是幾瓣，只是碎碎叨叨的一球，當中還射出許多花鬚、花蕊。一個枝子上有很多朵花。一棵樹上有數不清的枝子。真是亂。亂紅成陣。亂成一團。簡直像一群幼兒園的孩子放開了又高又脆的小嗓子一起亂嚷嚷。在亂哄哄的繁花之間還有趕來湊熱鬧的黑蜂。這種蜂不是普通的蜜蜂，個兒很大，有指頭頂那麼大，黑的，就是齊白石愛畫的那種。我到現在還叫不出這是什麼蜂。這麼大的黑蜂分量很重。它一落在一朵花上，抱住了花鬚，這一穗花就叫它壓得沉下來。它起翅飛去，花穗才掙回原處，還得哆嗦兩下。」

作家對事物觀察之細密，真教人打心底佩服，我特別喜歡這段話的最後兩句，尤其是屬於動詞的「掙」與「哆嗦」，用得傳神極了。齊白石以畫草蟲見長，汪曾祺以文字取代水墨，同樣無比精采。

汪曾祺用字講究，從他早年的〈跑警報〉一文中的一段話，就可見出端倪：「一有警報，別無他法，大家就都往郊外跑，叫做跑警報。跑和警報聯在一起，構成一個語詞，細想一下，是有些奇特的。因為所跑的並不是警報。這不像是跑馬、跑生意那樣通順。但是大家就這麼叫了，誰都懂，而且覺得很合適。也有叫逃警報或躲警報的，都不如跑警報準確。『躲』太消極；『逃』又太狼狽。唯有這個『跑』字緊張中透出從容，最有風度，也最能表達豐富生動的內容。」要不是他這樣慎思明辨的一番分析，誰會注意到「跑」、「躲」、「逃」這些字用在此處的細微分別呢？

汪曾祺在八十年代末，曾到美國參加愛荷華國際寫作計畫，事後寫過一些訪美生活點滴，對曾在美國念書與工作過的筆者來說，尤感親切有味。舉例來說，他在〈美國女生〉一文中描述道：「我散步後坐在愛荷華河邊的長椅上抽菸，休息，遐想，構思。離我不遠的長椅上有一個男生一個女生抱著親吻。他們吻得很長，我都抽了三根菸了，他們還沒有完。」

美國情侶在大庭廣眾之下擁吻，是司空見慣的場景，汪曾祺用抽菸來衡量時間的長短，不僅洩露他是一名十足的老菸槍，也可以看出他觀察人間百態的細密與行文的幽默，值得用心體會。

汪曾祺樂見別人把他的作品歸為「抒情的人道主義」。他應邀在哈佛大學演講提到，大陸有位評論家談到他的作品，說他的語言奇特，拆開來每句都是平平常常的話，放在一起，就有點味道了。汪曾祺說，他認為任何人的語言都是這樣的，每句話都是警句，那是會叫人受不了的。

*

說來汪曾祺應該算是老一輩的文學家了，大陸中壯輩作家中，我最早注意到的，是出生於西北的賈平凹。平與凹字義上有點相反，但擺在一起卻有警世的味道，人生少有坦途，平地起風雲的飛來橫禍，誰又能保證不會遇上。他的文章經常文白並用，自成一格。筆鋒貫穿著一種無以言喻的鄉土情懷與人文觀照，讀來輕鬆，卻令人頗有會心。

他寫〈江浙見聞〉，提到昆山半繭園有石，名「寒翠」，一行人「在昆山搜尋此石，不能得見，天黑在賓館吃飯，端上一盤基圍蝦，便問老宋：『知道哪隻蝦為雌為雄？』宋說：『你吃哪隻，哪隻就是雌的。』滿桌哄笑。」文人間說笑，謔而不虐，無傷大雅，用在文末，的確是點睛之筆。

再如他在〈十幅兒童畫〉中，寫說：「有人開始談到去黃土高原的見聞。見到一個放羊的孩子，問：放羊幹啥呀？答：掙錢。問：掙了錢幹啥？答：將來娶媳婦。問：娶媳婦幹啥呀？答：生孩子。問：生孩子幹啥呀？答：放羊。大家哈哈大笑。」我不曉得賈平凹會不會說相聲，但其文章裡有不少說唱藝術所講究的「包袱」，安排得真是巧妙。

賈平凹也是寫遊記的能手，描繪所見所聞，能讓人有身歷其境之感，例如他在《江浙日記》中記述旅遊紹興古城的一段：「印象最深的是青藤書屋，拐進那偏僻小巷，鑽入低矮院門，小小庭院陰暗潮冷，地生綠苔，黴點登牆，三四株芭蕉，數十根細竹，一口水井，一棵銀杏，惟那丈方池水幽黑，走近可鑒人面，一股藤蔓茂盛，爬於牆頭，牆頭上靜臥了誰家的小貓。院門口有三人，一人坐於小賣部櫃子裡低頭看報，進去時看，返出時還未看完，一女人在一凳前嗑瓜子，起身詢話的是一老翁，話不出五句，面如木刻。徐渭生前貧困，死後這書屋景點也貧困，管理員難以收更多門票吧。」只不過寥寥數語，就把明代傳奇人物徐文長故居的冷落氣氛，以及作者的不勝唏噓之感，刻劃得入木三分，讀來讓人很有身歷其境之感。

*

跟賈平凹年齡相仿、文名籍甚的韓少功，是筆者喜歡的另一名作家。他寫論說性質的散文，辯證清晰而深刻，很有說服力。例如，他在〈進步的回退〉中說：「文學永遠像是一個回歸者、一個逆行者、一個反動者，總是把任何時代都變成同一時代，總是把我們的目光鎖定於一些永恆的主題：比如良知，比如同情……一個真正成熟的現代主義者，同時也必定是一個古典主義者，因為他或者她知道：生活是不斷變化的，而從另一個角度來看，又是沒有什麼變化的。生活不過是一個永恆的謎底在不斷更新著它的謎面，文學也不過是一個永恆的謎底在不斷更新著它的謎面，如此而已。」

韓少功在這篇文章中的結語，更是擲地有聲，他說：「現代主義文學與歷史上所有的文學一樣，在做著同樣的事情。明白這一點，是現代主義的死亡，也是現代主義的永生。」

多麼淺顯易懂的道理，又是多麼耐人尋味的說法，一般人周而復始、渾渾噩噩地過日子，身陷生活的泥沼而不自知，或許一輩子也不會有這樣子深刻的生命體悟。

與韓少功同姓，散文風格迥異的韓羽，也是我仰慕已久的老作家。他的散文集《信馬由韁》，用字遣詞的活潑、調配場景的俐落，很有看頭。例如〈戲園景觀〉一文中提

韓少功：「生活不過是一個永恆的謎底在不斷更新著它的謎面，文學也不過是一個永恆的謎底在不斷更新著它的謎面，如此而已。」（王蘭兮攝影）

到：「我父親和二狗他爹，合夥往臨清販賣糧食。走了一夜，一到臨清，卸車、過斗、餵牲口。顧不上躺一回合闔眼，立馬興沖沖奔向戲園。二狗的爹說：不看一回戲，是白來臨清一趟。」

韓羽自己當然也是戲迷，把兩個鄉下糧販急於看戲的心情，描述得多麼傳神，「卸車、過斗、餵牲口」等連續鏡頭，一筆趕著帶過，不用多所形容，那份急切已溢於言表。他寫的東西很生活化，也很有喜感，他在〈寫標語〉中有這樣一段：「一個上午，滾成了泥猴。胳膊、腿像挨板子。一蹲下，再也不想站起來。我沖著老王說：你要是上廁所，捎帶著連我這泡尿也尿了吧，我實在動不了了！」一個人想省事兒省到這種程度，足見已累到不行。

韓羽是北方人，實事求是，作品很能反映人親、土親的生活情境，讀來備感親切，另一位北方散文家劉成章的作品，亦差堪比擬，他有多篇文章被選入大專院校和中學語文課本。

劉氏在〈這邊風景〉一文中，講到鄉下人與土地的關係，真不含糊，他說：「他們一輩輩從黃土中走來，紅火熱鬧幾十年，最後又步履蹣跚地走入黃土。俗話說：人吃地一生，地吃人一口。那是很殘酷的。但是，他們知道，當自己被土地的牙齒咀嚼的時候，還有子孫在，他們的生命已經轉移到子孫身上了，因而是毋須悲觀的事情。」人是上帝用泥土變的，牧師在追思會中最常用的一句話即「塵歸塵，土歸土」，劉成章寫的此段話，不也就是這個意思！

＊

不錯，人與土地的關係說有多親就有多親，大陸年輕作家半文曾在〈一塊地，死了〉一文中，對長不出好莊稼的土地有過如此的描述：「一塊地，死了。透過爹渾濁的目光，我可以看到爹無法言表的絕望，一塊地的死去，比一個人的死去更讓爹悲傷。一個人去了，那痛，是陣痛，過一陣子，總會回過神來。但一塊地死了，會讓爹難過半輩子，爹剩下的日子，如果再也不能從地裡收穫希望，那種痛，到死，都緩不過勁來。」以人死之痛與土地之死的痛相比較，給人的感受既強烈又真切。後者本來一口氣可說完的，如：「那種痛到死都緩不過勁來」，說成：「那種痛，到死，都緩不過勁來」，多了兩個標點，停頓之間，更覺沉痛有力！

講到莊稼，大陸北方種麥，麥浪翻飛的美景，很多作家都描述過。劉成章在〈看麥熟〉一文中是如此說的：「而麥梢兒本來是綠色的，像韭菜那麼綠，像柳樹那麼綠，像野草那麼綠，像它自身的葉葉桿桿那麼綠，但是現在卻變成黃的了。」

同樣的景致，東北女詩人王小妮也有過她的觀察：「從我們住的小城，向任何一個方向出去十分鐘，都能遇上麥田。沒有第二種莊稼，只是麥田。全天下，都搖擺著好麥子。大地因為加蓋了那麼厚的一層綠，變得富有彈力，大地在靈動……沉綠有芒的麥穗從手的下面掙脫著滑出去，回到線路變化的風裡面。」

劉成章用一連串的比喻，把麥田的綠突顯了出來，王小妮更把綠的厚度加到具有彈性的程度，都很鮮活，但我印象最深的，還是老舍在〈濟南的冬天〉中所說的：「那水呢，不但不結冰，倒反在綠萍上冒著點熱氣，水藻真綠，把終年貯藏的綠色全拿出來了。天兒越晴，水藻越綠，就憑這些綠的精神，水也不忍得凍上，況且那些長枝的垂柳還要在水裡照個影兒呢！」以「須做一生拚」的精神，展現出來的綠，當然無物可敵。

劉成章寫鄉土的東西一把罩，探討西方現代生活同樣拿手。他所描寫的紐約地鐵，亦深得我心。他在〈走進紐約〉一文中是這麼說的：「地鐵又匡噹著呼嘯於地表之下，就像每秒都要發生十次以上的有感地震。紐約的每一條街道因此而抖動。紐約的每一條街道因此而在搖滾樂的節奏中搖滾。因此紐約的街道便似乎成了世界上最大的按摩器了，誰要是腳腿有病，盡可坐在街心島上享受免費按摩。但是在這裡，人們即使腳腿有病，也都走得風風火火，大步流星。因為每個人都是奮鬥者和競爭者。」這是對現代文明社會的批判，應是領教過「紐約人」緊張生活節拍者的共同心聲。

*

現代人憎恨都市生活的空虛與疏離，不時幻想逃出樊籠，找尋那與世無爭、悠遊自在的桃花源，儘管桃花源永世難覓，但那種渾然忘我、天人合一的感覺，卻有可能邂逅。

記得有一年去布拉格旅遊，在伏爾塔瓦河（Vltava River）河邊享用午餐，面對緩緩而流的靜謐河水、巍然神祕的古堡，以及時有飛鳥翩然越過的湛藍天空，整個人突然被眼前的景物震懾住，自己的思維也被定格在當下的這一幕，好像這一切的一切亙古以來從未改變，而這也是我生平頭一次體驗到所謂「永恆」的感覺。

後來我讀到廣西作家阿超〈聖湖羊卓雍措〉中的一段：「西藏還有另外一種美，那便是聖湖羊卓雍措的美。當我第一眼看見羊卓雍措，我有一種萬箭穿心般的疼痛。一剎

現代人憎恨都市生活的空虛與疏離，不時幻想逃出樊籠，找尋那與世無爭、悠遊自在的桃花源，儘管桃花源永世難覓，但那種渾然忘我、天人合一的感覺，卻有可能邂逅。（詹顏攝影）

那間，好像過了千百萬年，所有的思想都停頓了，所有的感覺都沒有了，我的身體彷彿壓根兒就沒有存在過，我只是脫離軀殼之外的一縷遊魂，漫無目的地在這無形的空氣中汲取一種迷茫和沉醉。在這聖潔的湖面上，無牽無掛地飄浮了千百萬年。」頗能心領神會，他所訴說的心靈撞擊，即使用來形容我的伏爾塔瓦河經驗，也是同樣貼切！

阿超的文字之所以具有特殊感染力，不在於其詞藻的優美，而在於他所表達的是發自心靈的深沉感受，散文有別於其他文體的地方，亦就是其不尚虛構，而重在呈現作者的真情實意。無怪乎張愛玲會說：「我以為唯美派的缺點不在於它的美，而在於它的美沒有底子。」文藝理論家朱光潛更下過如下結論：「散文可分為三等，最上乘的是自言自語，其次是向一個人說話，再其次是向許多人說話。」為何作者的自言自語會被列為頭等，恐怕也就在於其最具真實性了。

大陸作家史鐵生在〈我與地壇〉中，述及自己對母親的思念：「她匆匆離我去時才只有四十九歲呀！有那麼一會兒，我甚至對世界對上帝充滿了仇恨和厭惡。後來我在一篇題為〈合歡樹〉文章中寫道：『我坐在小公園安靜的樹林裡，閉上眼睛，想，上帝為什麼早早地召母親回去呢？很久很久，迷迷糊糊的我聽見了回答：她心裡太苦了，上帝看她受不住了，就召她回去。我似乎得了一點安慰，睜開眼睛，看見風正從樹林裡穿過。』小公園，指的也是地壇。」算是一篇典型的作者自言自語，至性至情，遂能感人肺腑。

史鐵生身有殘疾，曾長期洗腎，對生死問題有切膚的體悟，同篇文章中有言：「死是一件不必急於求成的事，死是一個必然會降臨的節目。」讀後讓人有醍醐灌頂之感。

*

散文行旅至此，雖是浮光掠影，走馬看花，但是對大陸散文創作的方興未艾，依然可以讓人看出其梗概，對台灣的讀者而言，最熟悉的大陸散文作家也許就是余秋雨了吧，他的《文化苦旅》、《山居筆記》暢銷至今。他將文學、哲學、史地等知識熔於一爐，以其恢宏的視野，深度建構文化人格的文章，應是此類型散文的翹楚。

就以余秋雨寫的〈蘇東坡突圍〉為例，他描述蘇東坡歷盡人生劫難，終於「成熟於一場災難之後，成熟於滅寂後的再生，成熟於窮鄉僻壤，成熟於幾乎沒有人在他身邊的時刻」，進而對「成熟」此一詞彙下了定義說：「成熟是一種明亮而不刺眼的光輝，一種圓潤而不膩耳的音響，一種不再需要對別人察言觀色的從容，一種終於停止向周圍中訴求告的大氣，一種不理會哄鬧的微笑，一種洗刷了偏激的淡漠，一種無須聲張的厚實，一種並不陡峭的高度。勃郁的豪情發過了酵，尖利的山風收住了勁，湍急的細流匯成了湖。」

在余秋雨的導引下，我們看到了「成熟」的顏色，我們也聽見了「成熟」的聲音，由內在到外在，從具象到抽象，我們終於進一步認識了「成熟」的模樣。「成熟」是難以界說的，但余秋雨做到了，或許，這就是余秋雨文化散文的魅力所在！

有人說，閱讀一個作家的作品，實際上，就是一次對話。這趟散文越境的旅行，蜻蜓點水似地掃瞄了海峽對岸一些作家文章的片斷，我想，也該算是一場熱鬧的「文學對話」吧！

附記：猶記，那年應邀到《聯合文學》主辦的文藝營講「散文欣賞」，事前為準備講義，重讀了不少對岸作家的文章，因而讓我真正領會到孔子所說「溫故而知新，可以為師矣」的道理。

分享閱讀的樂趣。作者所收藏的卡片。

附錄

永不止歇的思念

張順易

回憶起對先父的印象，首先浮現於腦海的，就是他所散發的那種「人性溫暖」。父親待人接物，最是周到，總是先考慮別人，再顧及自己，每每只要見到別人展露笑靨，他就感到心滿意足。

記憶中，他經常會在口袋裡私藏著一些糖果、原子筆、小手電筒等，無論小孩或大人，只要與父親見到面，總是會得到一些溫馨的紀念品。在私，他是家庭中的重要支柱，比誰都愛護家母和我；於公，他對於公司裡任何一位員工，都視為家中的一份子。而就是因為他擁有如此恢弘不凡的氣度，以及和藹可親長者的大家風範，使他履足之處，無不備受敬重，且讓人有滿室春風之感。

或許是因為家父晚婚和忙於事業的緣故，在我兒時的印象中，似乎少有全家一起

寄暢園主人張允中、張郭玉雨賢伉儷與其公子張順易、兒媳婦王嘉穗全家福。（張順易提供）

出遊同樂的畫面。彼時，父親經常出國接洽業務，母親也忙於工作，一家三口共度的時光，十分有限。然而，我也幾乎不曾有過寂寞的感覺，事實上，父親只要一有空閒，就會跟我作伴。猶記，在我讀小學的時候，家中運動間備有桌球檯，父親就經常抽空陪我練球。當時父親已不是那麼年輕，體重超過八十公斤，但打起球來，揮拍發力，依然讓人想像得到，他年輕時曾勇奪台中市桌球冠軍的俐落身手與英姿。

提及父親的興趣，可舉美食和麻將兩件事為例。品嚐佳餚，是他工作之餘的一大人生樂事，我當然也跟著受惠，從小就得以嚐遍各種美食，無怪乎全家人的體格都不落人後。總之，食物在我家，從不虞匱乏。至於打麻將，通宵鏖戰，乃是家中常事，記得家父說過：聽牌時來根香菸，是絕佳享受。可是，有時打得太過投入，竟會忘記點火，甚至還經常將褲子或地毯燒出破洞，惹得母親大為光火，也成為一時之笑談。

除卻家人之外，父親的最愛，則是蒐集美術品，這可是他一生一世、永不捐棄的志業。只要身有餘裕，他就會旅遊世界各地尋尋覓覓，而且氣魄之大，毫不含糊。往往，可將整座倉庫予以買下，書畫作品每每以一百張為單位，全部購入。此種大手筆，與其說是生意經，毋寧說是他對美術品的一往情深，難以自拔。

平心而言，書畫、陶瓷、玉器、銅器，各有其門道，且有中國、西洋、東洋之分，而若非鑽研深刻，實無法辨別其真偽優劣。但是，由於父親涉獵廣泛，造詣頗深，各個領域均能深入堂奧。家中所收藏圖書之多，以「坐擁書城」來形容，亦不為過，由此看來，父親的博學多聞，誠其來有自。

家父經常耳提面命地跟我說：「一定要多讀書，多下功夫研究」，對公司職員他亦會循循善誘地講：「對於不知道的事，不要怕發問，我會教導你們，假如什麼都三緘其口，我也就無從教導起了。」家父一向認為，美術的領域博大精深，倘若本身興趣缺缺，或不夠專注，永遠不可能心領神會，掌握要領。

估計由父親經手而流通於世的美術品，不下萬件。他在晚年的時候，由於健康的關係，不得不從商場第一線退居幕後，於是，欣賞自己的珍藏，乃成為其平日唯一的樂趣。雖說如此，他對於我們所購回的藝術品，往往會提出其看法，或直言評斷，他慧眼獨具的鑑賞力，令人不得不衷心折服，而我也從中獲益良多，益加埋首研究，盼能有幸收購到價廉物美之物，讓父親頷首肯定。

為博取父親的歡心，我不敢稍有怠惰，一直深盼有所斬獲，如此父子可一起分享那份天倫之樂的喜悅。如今，真願能再多擁有一點與父親共處的時光，多留下一些歡樂的回憶，而這些點點滴滴與父親互動的情景，歷歷如昨，都將成為我這一輩子最珍貴的記憶。要之，父親是我商場的老師，也是我生命的導師，目前他手創的公司我雖已接棒，但尚有許多事務有待他指點迷津，他如何忍心就這樣離我們而去？

家父人生的大半時間都在日本度過，日本可說是他的第二故鄉，也是他事業宏圖大展的基地。他是在戰後不久即移居異國文化的日本，在處處對台灣人不利的環境下，接受挑戰，鼓勇拚鬥，憑藉著過人的毅力，立足當地社會。

在奮鬥過程中，他固然必須去理解東瀛的文化，也必須去適應其社會，但他始終念念不忘自己的家國，而竭力展現作為台灣人的自豪與自尊。父親在日本，有許多的恩人與友人，他飲水思源，對他們永存感念之心。這些年來，家父屢屢對我耳提面命道：「一定要善待別人，不可只顧一己的利益得失。」誠然，他自己在苦難之際，曾受到許多人的提攜與扶持，這句話總結了他自己的人生經驗與體悟，意義何其重大！

近幾年，家父健康情形每況愈下，經常進出醫院，難有機會再去日本，自然也就無法重拾尋覓文物的樂趣。如今，真的好想再與他一起逛日本的古董店，共同訪求美術品，或是連袂品嚐各地的佳餚美食。也真希望他能在其最喜歡的輕井澤別墅，觀賞美麗綻放的紅葉，以及再跟三五好友一起打打麻將。

父親在生命的末期，一直念念不忘家母一生不離不棄對他悉心的照顧，一再叮嚀要我好好代替父親的角色，守護母親與家族。今後，對此重責大任，我將念茲在茲，不敢一日或忘，以告慰辛苦養育我、栽培我的雙親。我必會銘記教誨，善盡為人子女的孝道！

（作者為寄暢園股份有限公司董事長，張允中社長之公子。）

拾貝者的歌吟

陸鏗

在談壽來老弟這本書前，我想先談談這個人。

是十年前吧，在舊金山一次藝文界的餐敘中我跟壽來同桌，互換名片後，他就親切地直呼我陸大哥。彼時，他正擔任新聞局駐當地的主任，華文媒體上經常刊出他的發言，而我從事了一輩子採訪工作，相識滿天下，對初次見面之人難有深刻印象，但對他卻有一見如故之感，我從他身上嗅不到絲毫當官的僚氣或中年人的世故，從他言談謦欬間不時流露出的，乃是耿直、誠懇以及一種文人以天下為己任、憂國憂民的情懷。

後來，壽來老弟獲得蘇起局長的青睞，回國出任新聞局國際處處長，主持對外文宣工作，我們時有往還，他曾邀請我到新聞局對全局同仁演講，那算是我生平第一次踏入官府現身說法，迴響熱烈，大出意料之外。壽來的夫人小韞在世新大學新聞系教書，亦兩度邀我為畢業班同學專題演說，讓我有機會以一個新聞界老兵的身分，薪傳採訪經驗，其用心深遠，無愧為杏壇良師。

壽來老弟是美國喬治城大學的高材生，長期駐外，嫻熟國際事務，但其家學淵源，髫齡就已接觸詩詞古文，下筆清順自然，情味醇厚，予人一種親切暢快之感，復因其人生閱歷豐富，對世間悲歡離合的無奈及無可避免的宿命，有頗為深刻的觀照與省思，因而字裡行間流露出的，不僅是同情與悲憫，而且是一種可以點燃生命餘勇的火花。作者有意透過對名人行誼的刻劃，為人生的意義尋找出路，甚至為人生積極面對困境，不斷力爭上游、反敗為勝，找到支點。

一甲子的採訪生涯，讓我踏遍大江南北、海峽兩岸，也看盡世道冷暖、人事滄桑，原本以為自己早已練就一身「鐵布衫」，對滾滾紅塵中的紛紛擾擾、恩怨情仇，已能無動於衷，然而，在翻閱壽來老弟的這本書稿，有時仍不免心潮起伏，掩卷慨嘆偉人之所以能引領一代風騷，或成就非凡事功，其識見、抱負、胸懷、毅力，的確有令人特別感佩、值得效法之處。

書中提到有人曾如此形容一代文豪海明威：「我們這些凡夫俗子做完工作後，就會去玩或休息，然而，天才卻是在工作之後又開始他的工作。」應證於愛迪生說的：「所謂天才，乃是九十九分的血汗，再加上一分的靈感」，益發見出聖經上所言：「凡流汗播種者，必歡樂收割」，乃萬古長青的寶訓。

在介紹英格麗褒曼的篇章中，作者對這位曠世巨星的高度敬業精神，著墨甚深，而最令我折服的，卻是她善體人意的謙虛與周到，例如，她參加舞台劇《堅定的妻子》演出，由於工作人員未將一張有毛病的沙發徹底修好，害她在舞台上摔了個四腳朝天，而她當場的反應，既非勃然大怒，亦未痛哭流涕，卻竟是笑得前仰後合、樂不可支。大人物有大量，英格麗褒曼的演技固令人心折，其做人何其不然！

書中精采的片段及發人深省的地方，俯拾皆是，信手拈來，諸如：「新力」的老闆盛田昭夫深具遠見，發跡之初，為了建立自己的品牌，不惜回絕美國「寶路華」公司十萬台電晶體收音機的訂單；林語堂「情在不能醒」，耄耋之年儘管行動已不方便，聞說初戀的情人卜居廈門，仍吵著要去探望；愛迪生一生豁達，六十七歲那年，所開的工廠橫遭回祿之災，他擠在看熱鬧的人群裡，對兒子喊道：「快去叫母親找她的朋友來，她們再也沒有機會看到這樣的大火了！」；喜劇泰斗卓別林的特殊造型風靡全球，各地都曾舉辦過模仿其動作的比賽，有一次卓別林也用假名報名參加此類比賽，結果祇得到第三名；人權鬥士金恩常對朋友說：「我們必須努力爭取做第一流國民，但我們絕不可使用二流方法去達到這個目標。」相形之下，台灣今天檯面上的許多政治人物，特別是那些以侮辱他人為能事的立委，聞此言不知內心有何感想？

猶記，發現「萬有引力定律」的大科學家牛頓，晚年曾謙虛地形容自己一生的成就，祇不過像一名在沙灘嬉戲的孩童，面對浩瀚的大海，拾得一些貝殼罷了。如今，壽來老弟徜徉在傳記文學的大海邊，一路吟哦，信手撿拾、呈獻給讀者的貝殼，何其光彩奪目，斑斕可愛，確屬功德一件。

（此文是新聞界前輩陸鏗先生，為筆者的著作《和世界偉人面對面》所寫之序文，特錄於此，以示感念之意。）

國家圖書館出版品預行編目（CIP）資料

越境的行旅：一燈照隅的人生智慧/王壽來著. --
初版. -- 臺北市：財團法人寄暢園文化藝術基金
會, 2022.12
面；　公分
ISBN 978-986-99771-1-1 (平裝)

863.55　　111018828

越境的行旅

一燈照隅的人生智慧

作　　者／　王壽來
主　　編／　封德屏
責任編輯／　杜秀卿
圖片提供／　王蘭兮・莊翔筑・詹　顏
封面設計／　翁　翁
內頁設計／　不倒翁視覺創意

出　　版／　財團法人寄暢園文化藝術基金會
地址：台北市大安區東豐街16號B1樓
電話：02-27551336　傳真：02-27059985
Email：service@ccy-art.com
編　　製／　文訊雜誌社
地址：台北市中正區中山南路11號B2樓
電話：02-23433142　傳真：02-23946103
Email：wenhsunmag@gmail.com
郵撥：12106756文訊雜誌社
經　　銷／　聯合發行股份有限公司

初版一刷／　2022年12月
定　　價／　新台幣320元
I S B N／　978-986-99771-1-1